하늘
모험

요시다 슈이치 吉田修一　　1968년 나가사키 현에서 태어나 호세이대학 경영학부를 졸업했다. 1997년 《최후의 아들》이 제84회 문학계 신인상을 수상하며 화려하게 데뷔했고, 2002년 《퍼레이드》가 제15회 야마모토슈고로상을, 《파크 라이프》가 제127회 아쿠타가와상을 수상하며 대중성과 작품성을 모두 갖춘 작가로 급부상했다. 2007년 《악인》이 제34회 오사라기지로상과 제61회 마이니치 출판문화상을, 2010년 《요노스케 이야기》가 제23회 시바타 렌자부로상을 받았다. 현대인의 감성을 섬세하게 포착해내는 동시에 세련된 문장과 탁월한 영상미를 발휘하는 그는 현재 일본 문학계를 대표하는 작가 중 한 명으로 꼽힌다.

그의 작품 중 《동경만경》과 《거짓말의 거짓말》이 드라마로 제작되었고, 《7월 24일의 거리》《워터》《퍼레이드》에 이어 《악인》도 영화화될 정도로 대중적인 인기를 얻고 있다. 그 외 작품으로 《사랑을 말해줘》《사요나라 사요나라》《도시여행자》 등이 있다.

하늘 모험

요시다 슈이치 지음

이영미 옮김

은행나무

CONTENTS

프롤로그

한 달 늦은 일기

젊은 시절부터 일기를 쓰고 있다.

하루에 몇 줄. 그날 일어난 일들을 적는다. 일기라고 부르기도 멋쩍을 만큼 짧다. 그래도 1년 치가 모이면 간단한 표지를 붙여서 보관한다. 표지에는 그해에 일어난 대표적인 일을 두세 가지쯤 적어둔다. 예를 들면 그해에 출판한 내 책의 제목이라거나 만난 사람의 이름이라거나……

2008년 가을부터 2010년 여름까지, ANA 그룹의 기내 잡지인 〈날개의 왕국〉에 연재했던 단편소설과 수필을 이번에 한 권의 책으로 정리해서 출간하게 되었다.

2년.

2년이라는 세월 동안, 사람은 과연 얼마나 많은 일들과 조우하게 될까. 무엇이 변하고, 무엇을 변함없이 그대로 간직할 수 있을까.

　그 2년 동안, 나는 부탄에 갔고, 스위스에 갔고, 교토 야마자키에서 위스키 공장을 견학했고, 그 부근에서 맛있는 오코노미야키(부침개의 하나. 새우·오징어·야채 등 기호에 맞는 재료를 물에 갠 밀가루에 섞어 번철에 부치면서 먹는 음식－옮긴이) 가게를 발견했고, 이사를 했고, 고향 나가사키에 가서 돌아가신 큰아버지의 정령주(精靈舟, 음력 7월 백중맞이가 끝나는 15일 저녁이나 16일 이른 아침에 정령을 되돌려 보내기 위해 공물을 실어 강에 띄우는 볏짚이나 나무로 만든 배－옮긴이)를 띄워 보내면서 네 권의 책을 출간했다.

　일기를 팔랑팔랑 넘겨보니 2년이라는 시간이 그렇게 흘러갔다.

　이 책《하늘 모험》에는 단편소설 12편과 수필 11편이 실려 있다. 한 달에 한 번 싣는 연재이므로 수필은 말할 것도 없고 단편소설 역시 그달에 만난 사람이나 눈으로 본 대상이나 느꼈던 감정에 많은 영향을 받는다.

　일기가 그날그날 쓰는 글이라면, 나에게 이《하늘 모험》은 한 달 늦게 적어온 일기 같은 것일지도 모르겠다. 한 달 늦은 일기는 하늘에서 읽도록 만들어진 색다르고 신기한 잡지에 앞으로도 계속 실릴 것이다.

하늘은 신과 가까운 만큼, 소망하는 일도 분명 쉽게 이뤄질 것 같다.

첫 번째 연재에 썼던 단편소설의 문장이 지금 문득 머릿속에 떠오른다.

요시다 슈이치

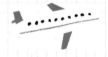

여자가
계단을
오를 때

그 사람이 가게에 온 것은 주말의 가장 붐비는 시간대였다. 프랑스 요리를 일본풍에 맞게 변화시킨 레스토랑이다 보니 가게가 떠들썩한 거야 늘 있는 일이지만, 그날따라 단체 손님까지 많아서 홀도 주방도 주문을 세 번씩 확인해야 알아들을 수 있을 정도로 북적거렸다.

그 사람이 들어왔을 때는 단체 손님의 주문을 다 내주고 간신히 한숨 돌리던 참이었다. 홀 담당 아가씨가 손님의 주문을 전달하며, "지금 온 손님, 이름이 뭐죠? 얼마 전까지 텔레비전에도 나오던데"라고 미쓰코에게 물었다. 에비스라는 지역 특성상 연예인이 가게를 찾는 일이 처음은 아니었다. 미쓰코는 프라이팬을 정리하며 홀 쪽으로 힐끗 시선을 던졌다. 창가 탁자에 앉은 사람은 중년 남녀였다. 여자는 모르는 사람이었지만, 햇볕에 그을린 남자의 옆얼굴은 분명 낯이 익었다.

와다 미쓰코가 열여덟 살에 도호쿠 지방에서 상경한 이유는 그 당시 좋아했던 아이돌 가수와 조금이라도 가까이 살고 싶다는 소망 때문이었다.

미쓰코는 초등학교 시절부터 아이돌 가수가 되고 싶었다. 노래를 잘하는 것도 아니고, 미모가 빼어난 소녀도 아니었지만, 아이돌 가수가 되면 노래 실력도 늘고 용모도 세련되게 변할 거라고 굳게 믿었다.

미쓰코라는 촌티 나는 이름이 싫어서 머릿속에 떠올려본 예명만 해도 1백 개가 넘는다. 틈만 나면 데뷔곡 의상을 디자인했고, 새로운 예명이 떠오를 때마다 사인도 고민했다.

중학생이 되자, 〈데뷔〉라는 잡지를 읽는 게 일과가 되었다. 대형 연예기획사, 텔레비전 드라마나 영화 캐스팅 공모 등등, 닥치는 대로 이력서를 써 보냈지만 불합격 통지 내지는 감감무소식이었다. 셀프타이머로 찍은 사진에 문제가 있나 싶어서 세뱃돈을 몽땅 털어 집 근처 사진관에서 촬영한 적도 있다. 사진관 주인은 빨간 머리핀에 작은 핑크색 핸드백을 멘 미쓰코의 모습을 침이 마르도록 칭찬했건만, 보낸 사진과 이력서가 되돌아오기는 마찬가지였다.

혼조 마사토라는 아이돌 가수가 데뷔한 시기는 미쓰코가 중학교를 졸업하던 해의 봄방학 무렵이었다. 그때까지 텔레비전이나 잡지에서 추종하던 가수는 온통 여자 아이돌뿐이었는데, 그 잡지에 소개된 '혼조의 사적인 하루'라는 기사를 읽은 후로는 정신을 차려보면 그에 관한 생각에 빠져 있는 시간이 늘어났다.

미쓰코는 고등학교 3년간을 혼조 마사토의 팬으로 지냈다. 그가 출연하는 음악 프로그램이나 드라마를 빠짐없이 녹화했고, 당연히 팬클럽에도 가입해서 우표만 한 크기의 사진이 실린 잡지라도 모조리 사들였다. 용돈만으로는 부족해서 시내 찻집에서 아르바이트까지 했다.

혼조 마사토는 톱스타 아이돌은 아니었다. 석 달에 한 번 신곡을 발표하지만, 오리콘(Oricon, 일본의 인기 음악 차트를 비롯해 음악 정보 서비스를 제공하는 주식회사 – 옮긴이) 베스트에 진입하는 일도 없었고, 유일하게 낸 앨범도 근처 레코드 가게에서 따로 주문해야 살 수 있었다.

고등학교 2학년 여름, 그가 센다이에서 열린 여름 축제 이벤트에 참석하기 위해 딱 한 번 도호쿠를 방문했다. 미쓰코의 집에서 센다이까지 그리 가깝지는 않지만, 간신히 당일치기로 다녀올 수 있는 도시는 그곳뿐이라 미쓰코는 당연히 친구들을 부추겨서 센다이의 이벤트 회장으로 달려갔다.

그가 노래 세 곡을 부르는 내내 미쓰코는 절규를 멈추지 않았다. 자기가 응원하지 않으면, 아무도 그의 노래를 듣지 않을 것 같은 초조함에서 비롯된 외침이었다.

졸업 후 진로 상담을 할 무렵, 미쓰코는 이미 도쿄로 갈 결심을 굳히고 있었다. 도쿄에 있는 회사라면 어디든 상관없었다. 결국 선생님이 권해준 곳은 중견 의류회사로 주로 봉제작업을 하는 부서였지만, 시부야 구에 기숙사가 있었다. 시부야 구라면 혼조 마사토의 기획사와 기숙사가 있는 곳이었다.

미쓰코는 상경한 날 밤에 당장 그가 사는 기숙사를 구경하러 갔다. 팬클럽에서 알게 된 도쿄의 펜팔 친구에게 들어서 장소는 이미 알고 있었다. 맨션이라고 부르기에는 생활감이 느껴지지 않는 낡은 잡거빌딩이었다. 현관에는 자동 잠금 장치가 설치되어 있었고, 조그만 창 너머로 상주하는 관리인의 모습도 보였다. 한동안 입구 근처에서 시간을 보내고 있자, 미쓰코와 마찬가지로 작은 꽃다발을 품에 안은 소녀가 나타났고, 정신을 차려보니 둘이 가드레일 위에 걸터앉아 혼조 마사토의 곡 중에서 뭘 제일 좋아하느니 어쩌느니 하는 이야기에 푹 빠져 있었다. 미쓰코는 쉬는 날마다 그곳을 찾았다. 갈 때마다 낯익은 사람이나 친구도 늘어나서 반년이 지날 무렵에는 같이 디즈니랜드나 이벤트에 다니는 사이가 되었다. 혼자 도쿄에 올라왔는데, 어느새 고향에 있을 때보다 더 많은 친구들에게 둘러싸였다.

미쓰코가 상경한 후로 혼조 마사토의 활약은 그다지 활발하지 않았다. 신곡도 안 나왔고, 텔레비전 출연은 극단적으로 줄어들었으며, 어쩌다 출연했나 싶으면 두 시간짜리 드라마에서 별로 중요하지도 않은 젊은 형사 역할이었다.

　미쓰코 같은 팬들 사이에서도 다른 배우나 가수로 갈아타는 사람이 늘어났다. 혼조 마사토의 팬으로 함께 모였으면서도 하라주쿠의 카페나 다이칸야마에서 한창 쇼핑을 즐길 때, 그가 화제로 떠오르는 일도 거의 사라져갔다.

　혼조 마사토가 대형 연예기획사에서 나와 들어본 적도 없는 작은 탤런트 사무실로 이적한 해에 미쓰코가 근무하던 회사가 도산했다. 너무나 갑작스러운 일이었기 때문에 미쓰코도 상당히 당혹스러웠다. 고향의 부모님은 얼른 집으로 돌아오라며 하루가 멀다 하고 전화를 걸었지만, 심기일전해서 여행이나 버라이어티 프로그램의 리포터로 일하게 된 혼조 마사토의 노력하는 모습을 지켜보고 있노라면, 자기도 이곳 도쿄에서 좀 더 힘을 내봐야겠다는 생각이 들곤 했다.

　미쓰코는 친구 소개로 계약직 사원으로 일하기 시작했다. 단조로운 증권 사무 업무이긴 했지만, 시급이 좋아서 생활에도 조금은 여유가 생겼다. 긴 연휴가 있을 때마다 친구들과 함께 싱가포르나 발리, 홍콩, 서울 등 해외로 놀러 가기도 했다. 한편 혼조 마사토 쪽은 급기야 살아남느냐 사라지느냐의 갈림길에 섰는지, 일을 마치고 퇴근한 아파트에서 별 생각 없이 텔레비전을 틀면 심야 버라이어티 같은 데 나오기도 했다. 그는 별로 단련되지도 않은 상반신을 훤히 드러내고, 개그맨들과 한통속이 되어 젊은 카바쿠라(카바레와 클럽의 합성어. 일본의 유흥업소 - 옮긴이) 아가씨들의 붓질에 유두를 맡기고는 웃음을 참느라 필사적이었다.

혼조 마사토가 나이 차이가 꽤 나는 연상의 여자 보석상과 결혼했다는 뉴스가 스포츠 신문 한 귀퉁이에 실렸을 무렵, 미쓰코도 어떤 남자와 동거하고 있었다. 다이어트 목적으로 다니던 복싱 체육관에서 말을 건네 온 남자로, 생활력이라곤 전혀 없었다. 그런데도 남자가 집으로 굴러들어 온 몇 개월 동안은 저녁을 뭘 먹을까 상의하는 것만으로도 행복이 느껴졌다. 그러나 남자가 미쓰코의 돈까지 멋대로 쓰게 되자, 친구의 조언도 있고 해서, 싫어지기 전에 헤어지고 싶다는 말을 꺼냈다. 남자는 깨끗이 물러났다. 다른 여자가 있는 듯했다.

불행은 겹쳐 온다더니, 남자와 헤어지고 새로운 출발을 위해 이사하기로 결정했을 무렵, 계약직으로 일하던 증권회사에서 계약 갱신을 거부당했다.

다음 주 식비도 없는 상태에서 죽어라 일자리를 찾아다녔다. 이젠 젊지도 않고 특별한 기술도 없는 여자가 하나부터 다시 시작하기란 결코 쉽지 않았다. 앞뒤 가릴 것 없이 닥치는 대로 면접을 보러 다녔고, 흡사 아이돌 가수를 꿈꾸던 시절처럼 잇달아 불합격 통지를 받았다. 마침내 고향 집으로 돌아갈 수밖에 없겠다고 생각했을 때, 어느 심야 프로그램에 출연한 혼조 마사토가 유명한 점술가에게 인생을 철저하게 부정(否定)당하는 장면을 보고 말았다.

이도저도 아닌 어정쩡한 아이돌, 어정쩡한 탤런트, 어정쩡한 남자……. 그의 인생 전체가 어정쩡하다는 혹평을 들었고, 그 프로그램은 하염없이 눈물을 흘리며 회개하는 혼조 마사토의 오열로 끝났다. 정신을 차려보니 미쓰코도 울고 있었다. 좋아했던 남자의 비참한 모습이 고통스러운 건지, 비참한 남자와 겹쳐지는 자기 자신의 모습이 고통스러운 건지 하염없이 흘러내리는 눈물은 멈출 줄을 몰랐다.

오빠의 결혼이 결정되었다는 연락이 고향 집에서 온 것은 그로부터 얼마 지나지 않아서였다. 엄마는 말로는 언제든 돌아오라고 했지만, 오빠 부부와 같이 사는 쪽으로 얘기가 흘러가고 있다며 곤혹스러운 듯이 그 소식을 전했다.

음식점 종업원 모집에 응모했을 때, 미쓰코는 이미 서른 살을 코앞에 두고 있었다. 시내에 선술집 다섯 개 정도를 운영

하는 회사였다. 서류 심사에서 떨어질 줄 알았는데, 무슨 영문인지 두 차례 면접에서도 합격해서 당당히 정식 사원으로 입사했다.

입사 동기들은 모두 언젠가 독립할 꿈을 품고 있었고, 최저임금으로 일해도 장래의 꿈이 있는 젊은이들이었다. 열아홉, 스무 살짜리 젊은이들 속에서 서른이 된 미쓰코는 이루 말할 수 없이 기이한 존재였다. 그러나 미쓰코는 최선을 다하며 버텨냈다. 배속된 시부야 선술집에서 나이 어린 점장과 선배 직원들에게 '쓸모없다'는 험담을 들으면서도 죽어라 들러붙어 일했다. 점심 준비부터 심야 근무까지 젊은이들과 똑같이 교대근무를 했고, 자전거를 타고 집으로 돌아오는 길에 자전거를 탄 채로 깜박 잠들어 가드레일을 들이받은 일까지 있었다. 아무리 괴롭고 억울해도 이젠 더 이상 돌아갈 곳이 없다며 스스로를 채찍질했다. 그럴 때마다 늘 머릿속에 떠오르는 장면은 점술가에게 매도당하면서도 "그렇지만 난 이 세계밖에 살아갈 곳이 없어요"라며 울던 혼조 마사토의 모습이었다.

5년간 죽어라 일했을 때, 나이 차이도 별로 안 나는 사장이 웬일로 "넌 금방 그만둘 줄 알았는데 말이야" 하고 말을 걸어왔다. 정신을 차려보니 입사 동기 중에 회사에 아직까지 남아 있는 사람은 미쓰코 한 사람뿐이었다.

"이번에 에비스에 내는 가게를 너한테 맡겨볼까 해"라고 사장이 말했다. 순간 무슨 뜻인지 이해할 수 없었지만, 잠시 후 자기가 얼룩진 앞치마를 움켜쥐고서 눈물을 흘리고 있다는 것을 깨달았다.

가게 콘셉트, 메뉴, 내부 장식, 직원 교육……. 그 모든 것들이 미쓰코에게 맡겨졌다. 잠자는 시간까지 아껴가며 그야말로 죽을 각오로 이를 악물고 일했다. 개업한 레스토랑은 예상 밖의 성공을 거두었다. 1년이 지나고 2년이 지나 3년째로 접어든 올해, 시내에 자리한 여덟 군데 계열 점포 중에서 최고 매출을 올리는 가게가 되었다.

미쓰코는 주문받은 요리를 탁자로 내가려 하는 홀 담당 아가씨를 불러 세웠다.

"이건 내가 갖다 줄게."

뜬금없는 미쓰코의 말에 주방 직원들이 일손을 멈췄다.

"미쓰코 씨, 혹시 저 사람 팬이었어요?"

홀 담당 아가씨의 질문에 주방 직원들이 웃었다.

"너희는 잘 모르겠지만 저 사람, 젊었을 때는 굉장히 멋졌어."

미쓰코는 더러워진 앞치마를 풀고, 먹음직스럽게 담아낸 요리를 들고서 그가 기다리는 탁자로 다가갔다.

푸른
빛살

스위스의 수도 베른. 정치, 경제의 중심지이면서도 산림과
공원이 전체 면적의 3분의 1을 차지하며, 아름다운 가로수
는 세계유산으로까지 등록되었다. 관광 포인트는 U자 모양
으로 휘돌아 흐르는 아레 강에 에워싸인 구시가지.

제네바에서 취리히로 향하는 열차 안에서 아사미가 갑자
기 베른 역에서 내리기로 한 까닭은 멍하니 내려다보던 가이
드북의 그 문장에 이끌린 이유도 있지만, 예정보다 일찍 호텔
에서 체크아웃하는 바람에 점심 전에 취리히에 도착해버릴
것 같아서였다. 취리히에서 출발하는 귀국 편은 밤 비행기라
너무 일찍 도착해도 별 의미가 없다.

아사미는 5박 6일의 스위스 여행을 불과 열흘 전쯤에 결정
했다. 계약직으로 일하던 제약회사의 계약 기간이 만료되었
고, 다음에는 곧바로 외국계 증권회사로 옮기게 되었는데, 그

사이에 2주 정도 여가가 생겼다. 처음에는 집에서 느긋하게 쉬며 책이라도 읽을 생각이었다. 그런데 남편 마사오가 "휴가가 2주씩이나 생겼으니 어디 여행이라도 다녀오면 좋을 텐데"라고 말했다. 물론 남편이 자기를 배려해서 한 말이라는 건 알지만, "내가 온종일 집에 있으면 안정이 안 되나 보지"라고 말대꾸를 하고 말았다.

마사오와는 대학 다닐 때 알게 되었다. 그 당시 아사미는 런던에서 유학 중이었는데, 여름방학에 잠깐 귀국했을 때 친구의 권유로 참석한 술자리에서 마사오를 만났다. 마사오는 지역 아마추어 야구팀에서 활약하는 건강한 학생으로, 말씨가 부드럽고 음식 먹는 모습도 매우 품위 있는 남자였다.

런던과 도쿄에서 빈번하게 이메일을 주고받았고, 봄방학에는 마사오가 친구 두 명과 함께 런던으로 놀러 왔다. 이메일에는 우연히 런던에 가게 되었다고 썼지만, 펍(pub)이나 축구 관전에 정신이 팔린 친구들은 나 몰라라 하고 거의 매일 둘이서 데이트를 즐겼다.

1년간의 유학을 마치고 도쿄의 대학으로 돌아온 후, 두 사람은 본격적으로 사귀기 시작했다. 첫인상 그대로 매우 다정하며 품위가 있었고, 3남매로 여동생이 둘 있고 어머니가 유치원 선생님이라는 가정환경 탓인지도 모르지만, 난폭하거나 거친 면은 전혀 없었다.

아사미는 어릴 때부터 난폭한 남자아이는 대하기 버거웠다. 차분하고 조용한 부모 밑에서 자라서 그런지 폭력은 당치 않을뿐더러 큰 소리로 말하거나 필통이나 교과서를 탁 소리가 나게 거칠게 내려놓는 것조차 싫었다.

마사오에게는 그런 면이 전혀 없었다. 레스토랑이나 전차 안에서도 큰 소리로 말하거나 웃지도 않았다. 불쾌한 택시 운전기사에게 욕설을 퍼붓지도 않았고, 침을 튀겨가며 남의 험담을 늘어놓는 일도 없었다. 물론 그도 인간이니 기분이 안 좋을 때는 있었지만, 그럴 때는 조용히 혼자 시간을 보냈다. 생활의 톤이랄까 인생의 톤이랄까, 여하튼 그런 것이 아사미와 매우 비슷한 것 같았다.

두 사람 다 일류 기업에 취직해서 일에 쫓기는 날들이 많았지만 차분하게 교제를 계속해나갔고, 둘 다 스물일곱 살이 되던 해에 결혼했다.

그래도 막상 같이 살게 되자, 나름대로 상대의 여러 가지 점들이 신경 쓰이기 시작했다. 아사미가 가장 먼저 신경이 쓰인 것은 일에 지쳐 돌아온 마사오가 이따금 샤워도 하지 않고 그대로 침대로 파고드는 행동이었다.

"샤워해야 푹 잘 수 있어."

몇 번인가 에둘러 주의를 주는 사이, 마사오가 이쪽을 배려하여 거실 소파에서 자게 되었다.

"굳이 거기서 잘 것까진 없는데."

미안한 마음에 아사미가 말을 건넸다. 그러나 "샤워하면 끝날 일이잖아"라고 몰아붙일 수는 없었다.

"아냐, 괜찮아. 어차피 내일 아침에도 일찍 나가야 하니까."

마사오는 웃는 얼굴로 그렇게 대답했다.

결벽증이냐고 묻는다면, 그럴지도 모른다. 그렇지만 전차 손잡이도 못 잡는 건 아니고, 잡았으면 손을 씻는 정도일 뿐이다. 아마도 더럽혀진 채로 방치하는 것을 생리적으로 못 견디기 때문일 것이다.

베른 역에서 내린 후, 가이드북을 한 손에 들고 시내로 나가보았다. 여름 햇살을 받은 돌바닥이 반짝거렸다. 노면 전차 선로를 따라 걸음을 내딛자, 금세 땀이 배어 나왔다. 오래된 시계탑 앞 광장에 시장이 섰고, 많은 카페와 레스토랑은 사람들로 북적거렸다. 목이 말라 하얀 식탁보가 깔린 카페에서 한숨 돌리기로 했다. 주문한 오렌지 주스는 차갑고 신선해서 거리를 오가는 사람들을 바라보는 것만으로도 기분이 밝아졌다.

아사미가 오렌지 주스를 다 마시고 자리에서 일어서자, 서빙을 해준 카페의 젊은 웨이터가 "즐거운 여행 하세요"라고 인사말을 건넸다.

처음에는 느긋하게 취리히만 돌아볼 생각이었다. 유학 중에 서유럽 나라는 대부분 가봤는데, 왜 그런지 스위스만 못 가봤던 것이다. 그런데 취리히는 예상했던 것보다 작은 고장이라 혼자 사흘씩이나 돌다 보니 따분해졌다. 모처럼 생긴 기회이니 내친김에 제네바까지 가보기로 했다. 제네바에서는 레만 호가 한눈에 내려다보이는 근사한 호텔에 묵었다. 재미는 있었지만, 역시나 한여름 거리를 걸어 다니는 데는 한계가 있었다.

시계탑 앞 카페에서 나와 시영 전차 선로를 따라 한동안 걸어가자, 한여름 햇살을 퉁겨내며 푸른 수면을 아름답게 반짝거리는 아레 강이 내려다보이는 고지가 나왔다. 가이드북에 실린 대로 구시가를 U자 모양으로 휘돌아 흐르는 강줄기는 우아했고, 바라보는 것만으로도 시원한 바람이 느껴졌다.

반짝반짝 빛나는 강물에 이끌려 녹음이 우거진 공원으로 내려갔다. 나무그늘을 빠져나가자 강에 걸린 현수교가 모습을 드러냈고, 자전거를 탄 소년 둘이 다리 위에서 강을 내려다보고 있었다. 짐은 역의 로커에 넣어두고 온 터라 몸이 가벼웠다. 현수교로 뛰어올라 소년들 옆으로 다가가자, 두 아이가 강을 향해 손을 흔들기 시작했다. 보트라도 떠 있나 싶어서 아사미도 다리 난간 쪽으로 몸을 내밀었다. 그 순간 하마터면 소리를 지를 뻔했다. 몹시도 투명한 초록빛 강에서 빨간 수영모를 쓴 나이가 지긋한 여성이 기분 좋게 떠내려가고 있었기 때문이다.

깜짝 놀라는 아사미는 아랑곳도 않고 소년들에게 손을 흔든 여성은 유유히 물살을 가르며 나무들로 에워싸인 강을 서서히 떠내려갔다.

아사미는 현수교를 가로질러 여자가 떠내려가는 강 아래쪽으로 걸어갔다. 강변을 따라 산책길이 나 있었고, 50미터 정도 간격으로 강으로 이어지는 짧은 돌계단이 설치되어 있었다. 수영복 차림의 남녀 한 쌍이 손을 맞잡고 막 강으로 들어가는 참이었다. 다음 돌계단에도 역시나 수영복 차림의 가족들 모습이 보였고, 아이들은 아빠를 따라 강으로 들어가 즐거운 듯이 떠다녔다.

아사미의 시선을 알아챘는지, 혼자 강가에 남아 있던 젊은 엄마가 뒤를 돌아보더니 "벌써 열 번도 넘게 물에 들어갔어요"라며 어이없는 표정을 지었다.

아름다운 강을 가진 베른 시민들의 여름철 즐거움인 듯했다. 제각각 다른 곳에서 강물로 뛰어들어 흐르는 물에 몸을 맡기다 제각각 다른 강변으로 올라서고, 돌아오는 길에는 산책길로 걸어오는 듯했다.

젊은 엄마가 친숙하게 말을 건네기에 "기분 좋아 보이네요"라고 말하며 아사미도 짧은 돌계단을 내려가 그녀 옆에 앉았다.

"평소에는 나도 같이 들어가는데, 오늘은 내 수영복만 깜박했지 뭐예요. ……베른에 살아요?"

"아뇨, 여행 중이에요. 도쿄에서 왔어요."

"도쿄? 도쿄에도 이런 강이 있나요?"

"도쿄에는…….."

막 대답하려는데 골든 레트리버와 그 주인인 젊은 여자가 눈앞에서 헤엄쳐 갔다.

"기분 좋아 보이는군요"라고 아사미가 말했다.

"물이 조금 차긴 해도 들어가서 놀다 보면 괜찮아요."

아사미는 몸을 앞으로 굽히고 차가운 물을 만져보았다. 젊은 엄마는 청바지를 걷어 올리고서 강물에 발을 담그고 있었다. 옅은 분홍색 페디큐어를 칠한 발가락이 투명한 물속에서 하늘하늘 흔들렸다.

"으음, 우리도 슬슬 아이를 가지는 게 어떨까?"

아사미가 마사오에게 그런 말을 꺼낸 것은 1년 반쯤 전이었다. 결혼 당시, 마사오는 아이를 간절히 원했다. 그러나 아사미는 일과 육아를 병행할 자신이 아직 없었고, 게다가 이제막 재미가 붙은 일을 그만둘 생각도 없었다.

"아이라니, 갑자기 웬일이야?"

"실은 일을 그만둘까 생각 중이야."

"왜?"

"간단히 말하면, 조금 지쳤다고 할까. 물론 아무것도 안 하겠다는 건 아니고, 좀 더 시간적으로 여유 있는 일을 찾아볼까 싶어서."

"하긴 많이 바쁘긴 했지. 그래도 난 열심히 일하는 당신 모습이 보기 좋았는데."

마사오는 그렇게 말했다. 그 말뿐이었다. 그 후로 정말로 일을 그만두었고, 계약직 사원으로 일하게 된 현재까지도 두 사람 사이에서 아기 이야기는 다시 나오지 않았다.

최근에 어쩌다 마사오에게 이런 말을 들었다.

"당신은 약간 신경질적이야. 매사를 좀 더 너그럽게 봐야

하지 않을까. 모든 사람이 당신처럼 뭐든 완벽하게 할 순 없
으니까."

맨션 관리인과 생긴 작은 실랑이. 시부모님과의 관계. 오랜
친구와의 사소한 다툼.

아사미가 무슨 얘기를 꺼낼 때면, 마사오가 그런 식으로 대
답하는 일이 부쩍 많아졌다. 아이 얘기를 하지 않는 이유도
그런 엄마 밑에서 커야 할 아이가 걱정스럽기 때문인지도 모
른다.

"당신도 양말 벗고 물에 발이라도 담가보지 그래요? 기분
좋은데."

흐르는 강물을 멍하니 바라보고 있는데, 젊은 엄마가 말을
건넸다. 순간 담가볼까 싶었지만, 그러고 나면 취리히에 도착
할 때까지 씻을 수가 없다.

바로 그때, 머뭇거리는 아사미의 등 뒤에서 해맑은 아이의
웃음소리가 들려왔다. 멀리까지 헤엄쳐 갔던 아빠와 사내아
이가 흠뻑 젖은 채 산책길로 걸어오고 있었다. 두 사람의 젖
은 몸은 강렬한 햇살을 받아 반짝반짝 빛났다.

아사미는 양말을 벗었다. 청바지 자락을 걷어 올리고 강물
속에 천천히 발을 담갔다.

강물은 상상했던 것보다 물살이 빨랐다. 땀이 밴 발가락 사
이로 차가운 물살이 빠져나갔다.

선술집

현장에서 최종 확인을 마친 다케이 미쓰오는 설계도를 둥글게 말아 쥐고 가설 텐트 밖으로 나왔다. 벌판 한 귀퉁이에 세워둔 차를 향해 걸어가는데, "다케이 씨, 오늘 밤은 여기서 묵으시죠?"라고 현장 주임인 고니시가 말을 건넸다.

　"으음, 실은 오늘 안에 전차로 가나자와까지 가서 내일 아침 첫 비행기로 도쿄로 돌아갈 예정이었는데 말이지. ……역 앞 비즈니스호텔에 방을 잡아뒀어."

　"아아, 맨 꼭대기 층에 대형 목욕탕이 있는 호텔이죠?"

　"그래 맞아, 거기가 저렴하면서도 시설이 좋지."

　"오늘 밤에 이 고장 맛집이라도 같이 가면 좋을 텐데……."

　"무슨 소리야. 오늘내일 아기가 태어날지도 모르는 사람이랑 같이 마셔봐야 이쪽이 더 불안하다고."

　다케이가 나란히 걷는 젊은 고니시의 어깨를 두드렸다. 쑥스러운 듯 미소를 머금은 고니시의 손에는 줄곧 휴대전화가 들려 있었다.

다음 주에 그 지역 상공업회의소에서 주최하는 자선 바자 회가 열릴 회장은 도심에서 조금 떨어진 신흥 주택지역의 한 모퉁이였다. 아직 조성 중이라 지금은 허허벌판이지만, 내년 에는 그 주변과 마찬가지로 단독 주택이 1백 채가량 들어설 모양이다. 지역 규모치고는 꽤 큰 행사였고, 다케이가 맡은 메인 회장 무대에는 최근 인기 있는 개그맨들이 몇 팀이나 출연할 예정이라고 한다.

"첫아이지?"

다케이가 또다시 휴대전화를 확인하는 고니시에게 물었다.

"아, 네. 뭐, 하긴 모든 게 순조로워서 딱히 걱정할 필요는 없는 모양이지만."

고니시가 겸연쩍은 듯 머리를 긁적였다.

"나도 첫아이 때는 자네랑 비슷했어."

"다케이 씨 댁 자녀분은……."

"둘. 둘 다 이미 결혼해서 그럭저럭 잘 살아."

다케이는 주머니에서 열쇠를 꺼내 자동차 잠금장치를 해 제했다. 아무것도 없는 허허벌판 한 귀퉁이에 세워둔 자동차 의 라이트가 깜박거렸다.

"아 참, 그렇지. 고니시, 혹시 역 근처에 음식 맛 괜찮은 식당 없나?"

"이 고장 생선 요리의 진수를 맛볼 수 있는 '고타'라는 식당이 있어요. 가게 주인은 무뚝뚝하지만 음식 맛은 좋아요."

"호텔 직원에게 물어보면 어디 있는지 알겠지?"

"네. 다들 압니다. 아하, 그러고 보니 다케이 씨는 좋으시겠어요. 이렇게 전국을 돌며 일하니까 밤에는 그 고장의 별미도 맛볼 수 있고."

"그 정도 즐거움도 없으면 이 일을 어떻게 하겠나."

다케이는 자동차에 올랐다. 고니시도 집에 돌아가는 줄 알았는데, 일부러 자동차까지 배웅을 하러 나왔는지 인사를 하고 다시 가설 텐트로 돌아가려 했다. 다케이는 차창을 내리고는 그 등에 대고 "수고 많았어"라고 인사말을 건넸다.

대학 졸업 후, 다케이는 대기업 건설회사에 취직했다. 주로 공공시설을 만드는 부서에서 10년 가까이 일했고, 동료와 공동 출자해서 독립했다. 맡아서 하는 일은 거의가 임시 집객시설이나 전시회장 설계라 예전과 비교하면 규모는 결코 크지 않았지만, 사업은 아주 순조로워서 느리긴 해도 회사 역시 해마다 조금씩 성장해나갔다.

일하기 시작한 지 3년째에 대학시절부터 동거했던 히로미

와 혼인신고를 했다. 이듬해 첫아들 신고가 태어났고, 이듬해에 첫딸 마키를 얻었다. 아직 20대라 일이 정신없이 바빠서 육아는 모두 아내에게만 맡겼다. 아이들이 초등학교에 들어갈 무렵에는 회사에서 나와 독립했기 때문에 시간을 내기가 더더욱 힘들어졌고, 가까스로 회사가 정상 궤도에 오르기 시작했을 무렵에는 아들의 비행(非行)이 눈에 띄기 시작했다.

처음에는 사춘기 탓으로 돌리며 내버려두었다. 그러는 사이 딸 마키까지 부모에게 말대꾸를 하기 시작했고, 정신을 차려보니 한밤중에 귀가하는 집안 분위기는 살벌하게 변해 있었다.

공동 출자한 동업자의 조언대로 여름방학을 이용해 두 아이를 나가노에 있는 절에 맡겨보기도 했다. 자연을 접하고 와서 그런지 집으로 돌아온 두 아이의 생활은 한동안은 온순했지만, 그것도 채 몇 달이 가지 않았다.

아들은 결국 대학에 진학하지 않았고, 딸은 고등학교를 중퇴했다. 물론 아내와 함께 수도 없이 설득해봤지만 자식의 마음을 되돌릴 수는 없었다.

업무로 방문한 지방 마을에서 별 생각 없이 훌쩍 선술집이나 스낵바에 들르게 된 것은 그 무렵부터였다. 야마구치 현의 어느 고장으로 출장을 갔을 때, 불현듯 귀에 익은 그 고장에서 사촌누이가 작은 식당을 한다는 기억이 떠올랐던 것이 그

계기였다.

다케이는 초등학교 때 한동안 친가 고향 집에 맡겨진 적이 있었다. 그 당시에는 어머니의 건강이 안 좋았고, 아버지 역시 출장이 잦았기 때문이다.

할아버지 할머니 댁에는 사촌누나가 살고 있었다. 이혼한 고모가 외동딸을 데리고 고향 집으로 돌아왔는데, 어린 눈에도 그 당시 중학생이었던 사촌누나의 행동은 재미날 정도로 불량해서 누나 꽁무니만 졸졸 따라다녔다. 볼링. 요요. 폭죽. 찻집 파르페. 오락실. 지금 돌이켜보면 별것도 아니지만, 그때만 해도 사촌누나가 가르쳐주는 놀이는 하나부터 열까지 모두 자극적이었다. 부모님은 아들을 맡겨둔 할아버지 할머니 댁에 들를 때마다 외롭게 만들어서 미안하다고 사과했지만, 다케이로서는 고마워할지언정 부모를 원망하는 마음은 털끝만큼도 없었다.

다행히 어머니의 병세가 말끔하게 회복되어 다케이는 반년 만에 다시 집으로 돌아갔다. 돌아간 후에는 또다시 이웃 친구들과 뛰노는 데 정신이 팔려서 그렇게 매일같이 붙어 다니던 사촌누나는 금세 잊어버렸다.

그럭저럭하는 사이에 세월은 흘러갔고, 다케이가 대학생이던 무렵에 할아버지와 할머니가 잇달아 세상을 떠나셨다.

그 당시에는 재혼한 고모가 집을 떠나서 사촌누나 혼자만 두 분과 함께 살고 있었다. 장례 절차를 도맡아 처리한 사람도 사촌누나였다. 오랜만에 만난 사촌누나는 "이제 할아버지 할머니도 돌아가셨으니 나도 이 마을을 떠나야겠어"라고 다케이에게 말했다. 직접 말한 적은 없지만, 사촌누나는 신세를 진 두 분을 떠나보낼 때까지 따분한 시골에 남아 있었던 거라는 생각이 들었다.

실제로 사촌누나는 도망치듯 그 마을을 떠났다. 누구랑 어디로 가는지, 친척 누구에게도 알리지 않고 나가버렸다. 그나마 재혼한 어머니에게는 해마다 연하장을 보낸 모양인데, 한동안은 주소가 오사카였다 나고야였다 불안정한 생활을 하는 듯했다. 하지만 다케이가 독립했을 무렵 할아버지 할머니의 기일에 오랜만에 만난 고모는 사촌누나가 야마구치 현에 있는 어느 마을에 작은 가게를 냈는데 꽤 잘되는 것 같다는 이야기를 전해주었다.

야마구치 현의 그 마을로 일하러 갔을 때, 고모에게 전화를 걸어 사촌누나의 가게 주소를 물었다. 오랜만이니 누나도 기뻐할 거라고 고모가 말했다.

그날 밤, 일을 마친 다케이는 사촌누나의 가게를 찾아 나섰다. 조그만 항구 마을 번화가에 엇비슷한 가게들이 몇 채씩이나 늘어섰지만 금방 찾을 수 있었다.

밖에 대나무를 장식해둔 분위기 있는 작은 요릿집이었다. 고모 말대로 가게가 꽤 잘되는지 밖에까지 떠들썩한 손님들 목소리가 흘러나왔다.

누나를 만나볼 생각으로 찾아갔건만 왠지 모르게 망설여졌다. 갑자기 들이닥쳐 놀라게 해주고픈 마음도 있었지만, 아무도 모르게 마을을 떠난 사촌누나의 심정을 그제야 겨우 이해할 것 같은 기분도 들었다.

한동안 가게 앞에서 머뭇거리던 다케이는 결국 가게 안으로 들어가지 않고 왔던 길을 되돌아갔다. 지금 만나봐야 자식들 푸념이나 늘어놓을 것 같은 예감이 들었기 때문인지도 모른다. 우등생은 결코 아니었지만, 불평 없이 시골에 남아 할아버지 할머니를 마지막까지 보살피고 떠나보낸 사촌누나를 볼 면목이 없었기 때문일 것이다.

그날 밤 다케이는 다른 골목길에 있는 선술집으로 들어갔다. 카운터 자리밖에 없는 조그만 가게 안에는 단골손님 몇 명이 있었다. 나이가 지긋한 여주인이 혼자 운영하는 가게였다. 여주인과 손님들은 불쑥 들어온 외지 사람을 따뜻하게 맞아주었다. 다케이가 행사와 관련해서 회장 설치 일을 하러 왔다고 밝히자, 때마침 그 행사에서 큰북을 치기로 한 손님이 있어서 결국 문 닫는 시간까지 떠들썩하게 술잔을 주고받았다. 술자리 도중에 손님들이 분명 사촌누나로 짐작되는, 주민자치회 이사를 맡고 있는 여자 얘기를 하기 시작했다.

다케이는 입을 다물고 조용히 듣기만 했지만, 사촌누나가 그 마을에서도 모두에게 사랑받으며 변함없이 활발하게 활약한다는 것을 알 수 있었다.

고니시가 말한 대로 '고타'의 주인은 무뚝뚝했다. 그러나 웃음기도 없는 얼굴로 건넨 요리는 하나같이 맛이 좋아서 술이 술술 넘어갔다.

도중에 옆자리에 앉은 남자 손님은 전 주민자치회 의원이라는 사람인데, 아들이 도쿄의 대학에 다닌다고 했다. 그는 다케이에게 그 고장의 역사와 아들을 만나러 몇 번인가 방문한 도쿄의 높은 물가에 관한 이야기를 재미나게 들려주었다.

"아 글쎄, 별 생각 없이 불쑥 들어간 찻집의 커피 한 잔 값이 1천5백 엔씩이나 하더란 말입니다. 깜짝 놀랐어요. 그래서 내가 허겁지겁 말했죠. '그냥 보통 커피면 된다'고. 그랬더니 글쎄 그 젊은 종업원이 '보통 커피가 1천5백 엔입니다' 그러는 거예요."

이미 숱하게 풀어놓은 화제인지 남자는 억양까지 흉내 내며 다케이를 웃겼다.

낯선 고장의 낯선 가게에서 이렇게 우연히 옆자리에 앉은 낯선 사람과 내일이면 잊어버릴 이야기를 나누는 시간이 다케이는 마음 편하고 좋았다.

한동안 남자 이야기를 듣고 있는데, 주머니에서 휴대전화가 울렸다. 꺼내보니 딸 마키가 보낸 문자였고, 손녀딸 지사의 사진 밑에 '할아버지, 고마워요'라는 말이 찍혀 있었다.

"손녀인가요?"

옆에서 휴대전화를 들여다보는 주민자치회 의원 출신인 남자에게 다케이가 눈을 가늘게 뜨며 "네에"라고 대답했다.

"우리 아들놈은 1년에 한 번도 전화를 안 해요"라고 푸념을 늘어놓는 남자에게 "눈 깜짝할 사이예요"라고 다케이가 말을 받았다.

"눈 깜짝할 사이요?"

"네, 정말 눈 깜짝할 사이죠."

남자에게 그 말뜻이 전해졌을지 어땠을지는 모르지만, 다케이는 그 말을 되풀이하며 시원한 그 고장 토속주 잔을 기분 좋게 비웠다.

불 축제

엘리베이터에서 내리자, 복도 밑을 휩쓸고 지나가는 찬바람에 저절로 몸서리가 쳐졌다. 7층짜리 맨션의 5층이지만, 주변에 다른 높은 건물이 없어서 전망이 좋았다. 다카가키 쓰요시는 외투 자락을 여미고 낯익은 야경을 바라보며 서쪽으로 안에서 두 번째인 자기 집으로 향했다. 때마침 저녁을 먹을 시간이라 복도에 늘어선 집집의 배기구에서는 맛있는 냄새가 흘러나왔다.

　현관 앞에 외동딸 사키의 자전거가 아무렇게나 널브러져 있었다. 쓰요시는 문을 열고 거실에 있는 아내에게 "다녀왔어"라는 인사말을 건네자마자 "사키, 네 자전거가 밖에 널브러져 있다"라고 방에 있는 딸에게도 말을 건넸다. "어서 와요"라는 아내의 목소리와 "네에"라며 귀찮아하는 딸의 목소리가 겹쳐졌다.

　신발을 벗고 있는데, 딸이 자기 방에서 나왔다. "복도에 자전거 놔두지 말랬지. 정리도 안 하고 뭐든 그냥 내팽개치면 어떡해"라고 잔소리를 하자, "자전거 보관소에 빈자리가 안 나는 걸 어쩌란 말이야" 하고 입을 삐죽 내밀면서도 밖으로 나가 자전거를 안으로 들여놓는다.

쓰요시는 그 모습을 지켜본 후, 거실을 향해 다시 한 번 "다녀왔어"라고 아내에게 말을 건넸다. "어서 와요. 시라이 씨가 또 엄청난 걸 보냈어."

꽃병에 백합을 꽂고 있던 아내에게 떠밀려서 부엌으로 들어갔다. 둘러보니 결코 넓다고 할 수 없는 부엌 바닥에 발포 스티로폼 상자가 놓여 있었다.

"왕새우에다 전복에다. 으음, 근데 이 생선은 이름이 뭐였지?"

뚜껑을 연 아내 등 뒤에서 들여다보자, 톱밥 속에서는 아직도 미세하게 새우 다리가 움찔거렸다.

"그건 갈치잖아"라고 쓰요시가 대답했다.

"이게 갈치였구나."

아내가 반짝반짝 빛나는 갈치의 몸통을 손가락으로 찔렀다.

"난 생선 다룰 줄 몰라."

"됐어. 내가 할게."

쓰요시는 짧게 대답한 후 침실로 향했다. 옷을 갈아입는데 뒤따라 들어온 아내가 벗어둔 셔츠를 주워 들며 "정말 아무것도 안 보내도 괜찮을까?"라고 물었다. "······아무리 대학시절 후배라도 해마다 받기만 해서 미안한데."

"됐어. 괜스레 뭘 보내면, 다음에는 몇 배로 많이 보낼지도 몰라. 잊어버릴 때쯤 출장 갔다 사 왔다고 하면서 술이라도 보내주지, 뭐."

해마다 있는 일이라 아내도 무리하게 강요하지는 않았지만, 셔츠를 들고 방에서 나가면서 "감사 전화라도 꼭 해. 덕분에 늘 맛있게 먹는다고"라며 다짐을 놓았다.

대학 후배인 시라이 에이타로가 세밑 때마다 고향에서 잡은 해산물을 보내기 시작한 것은 쓰요시가 취직한 지 몇 년이 지난 무렵으로, 아직 시내 맨션에서 혼자 살 때였다. 난데없이 도착한 소라와 전복에 당황해서 곧바로 와카야마에 있는 시라이의 집으로 전화를 걸었다. 그때까지만 해도 시라이는 연하장 한 번 보내온 적이 없는 남자였다.

대학을 졸업한 후, 시라이는 고향에 있는 기업에 취직했다. "난데없이 웬일이야?"라고 쓰요시가 묻자, 정작 물건을 보낸 장본인은 너무나 태연하게 "전복은 그대로 먹을 수 있고, 소라도 석쇠 구이를 하면 맛있어요"라고 대답했다.

"혼자 사는 맨션에 무슨 석쇠냐."

"가스레인지에 생선구이 그릴쯤은 붙어 있겠죠. 소라가 작으니까 그거면 충분해요."

"아하, 그래. 그걸 쓰면 되겠네."

사정 얘기를 들어보니 간단했다. 거래처이기도 한 수협에서 싸게 구입한 물건인데, "친한 친구한테라도 보내주지 그러냐"라는 어머니 권유에 제일 먼저 떠오른 사람이 쓰요시였던 모양이다.

"고맙다."

"별 말씀을."

"그건 그렇고, 일은 잘돼 가?"

"네."

짧은 통화를 마친 후 쓰요시는 곧바로 소라를 그릴에 구워보았다.

시라이는 대학시절부터 결코 말이 많은 남자는 아니었다. 같이 있으면 재미있냐고 묻는다면 그런 건 아니었지만, 없으면 없는 대로 "어? 오늘 시라이는?" 하고 누군가가 묻는 정도의 존재감은 있었다.

하숙하던 곳이 가깝기도 해서 싸구려 술을 사다놓고 시라이를 불러서 자주 같이 마시곤 했다. 상대가 말이 없다 보니 이쪽이 무심코 말수가 많아졌고, 취기를 핑계 삼아 장래 얘기, 여자 얘기 등등 정말이지 숱한 이야기들을 시라이에게 쏟아놓았던 것 같다.

시라이는 묵묵히 싸구려 술을 마시며 이따금 웃고, 이따금 고개를 끄덕이고, 이따금 잠들어버렸다. 솔직히 테니스 벽치기를 하는 느낌이었지만, 자기 현시욕만 왕성한 한창나이의 남자에게는 더없이 편리한 후배였다.

그럭저럭하는 사이에 쓰요시가 1년 일찍 취직했다. 선천적으로 처세에 뛰어난 면도 있어서 거뜬하게 유명 전기 제조업체 연구직으로 합격했다. 이듬해에 시라이가 같은 회사를 지망한다는 소식을 듣고, 곧바로 선배들이 전수해준 비법을 바탕으로 OB 방문, 특별 추천 등 할 수 있는 모든 방법을 동원하며 거들었다.

그러나 천성적으로 말주변이 달리는 게 화근이었는지 결과는 안타깝게도 불합격이었다. 다른 회사도 여러 군데 응모한 듯했지만, 시라이는 결국 고향 와카야마에 있는 기업에서 하고 싶은 연구를 계속하는 쪽을 선택했다.

평상시처럼 하숙집으로 시라이를 불러 싸구려 술을 마시는데 웬일로 시라이가 말수가 많은 날이 있었다. 이야기를 들어보니 좋아하는 여자가 생긴 듯했고, 고백할 생각이라고 말했다.

솔직히 말해 밤마다 시라이를 불러낼 정도였으니 쓰요시

에게 애인이 있을 리도 없었고, 좀 더 솔직히 밝히면 어차피 남의 일인 데다 술기운까지 거들어서, "당장 고백해. 내일 당장 말해"라며 과하게 부추겼다. 나중에 시라이에게 보고를 들었다. 말주변이 없는 데다 타이밍까지 안 맞는 남자인지, 좋아하게 된 그 여자를 같은 세미나의 동급생이었던 야나기하라라는 남자도 노리고 있어서 두 사람이 동시에 고백하는 꼴이 되었다고 했다.

야나기하라는 누가 봐도 분명 미남이었고, 부모가 빌딩 임대업을 하는 부잣집 아들이었다.

그러나 어딘지 모르게 가볍다고 할까, 중심이 없다고 할까, 물론 그런 가벼움과 명랑함이 매력이기도 하겠지만 쓰요시의 눈에는, 두둔하는 게 아니라 단연코 시라이가 훨씬 괜찮은 남자로 보였다.

그러나 남자의 눈과 여자의 눈은 다른 모양이다. 결국 그 여자는 야나기하라를 선택했다. 말수가 적고 재미도 없는 남자보다는 세련되고 재미있는 쪽을 선택한 셈이다.

'남자 보는 눈이 영 없는 여자로군.'

쓰요시는 자기도 모르게 그런 생각이 들었다. 시라이의 장점을 몰라보는 여자라면 앞으로의 인생도 별 볼 일 없을 거라는 생각까지 들었다. 그리고 실제로 그런 말로 침울해진 시라이를 위로했다.

　다만 그렇게 위로를 하면서도, "너의 장점은 말이지……"에서 말문이 막혀버렸다. 자신만만하게 "너는 분명히 좋은 녀석이야"라고 말할 수 있었지만, 그 이유를 적절하게 표현하기가 어려웠다.

　돌이켜 생각해보면, 취직 활동을 도울 때도 마찬가지였다. 대체 왜 시라이의 장점을 몰라보는지 갑갑하고 억울한 나머지, 소용없는 저항이라는 걸 뻔히 알면서도 술에 취해 인사과 선배에게 횡설수설 떠들어댄 적도 있었다.

　술안주로 먹으려고 부엌에서 갈치를 다듬고 있는데 딸 사키가 자기 방에서 나왔다.

　"있잖아, 아빠."

　"어 그래, 너도 생선회 먹을래?"

　"싫어. 난 밥 먹은 지 얼마 안 됐단 말이야."

　"엄마는 먹을래요."

　거실에서 아내 목소리가 들렸다.

　"아이 참, 아빠. 내가 불렀잖아."

　"왜?"

　"이 생선을 보내준 아빠 친구 말인데, 그분이 해마다 기대한다는 불 축제가 이거야?"

그러면서 쑥 내민 것은 학교 도서관에서 빌려온 듯한 《일본의 축제》라는 책이었다.

부엌칼을 한 손에 들고 들여다보니, 정말로 시라이가 학생 때부터 해마다 기대하던 신구(新宮) 횃불축제 사진이 실려 있었다.

시라이도 그 축제 얘기를 할 때만은 표정이 변했다. 횃불을 든 사내들이 5백 개가 넘는 돌계단을 뛰어 내려오는 장대한 축제. 사내들의 다기찬 용맹함과 불의 마력. 축제 얘기를 하던 시라이의 열기 띤 목소리가 아직도 선명하게 귓가에 남아 있었다.

"이 축제는 매년 2월 6일에 한대. 그럼 우리 개교기념일이랑 같은 날이야."

방으로 돌아가며 흘린 딸의 말에 쓰요시는 자기도 모르게 "어?" 하는 소리를 흘리고 말았다.

"너희 개교기념일은 휴일이지?"

"응."

"여보, 2월 6일이 무슨 요일이지?"

쓰요시의 질문에 탁상달력을 들춰 본 아내가 금요일이라고 대답했다.

"금요일이라. ……사키, 정말 매년 2월 6일에 열린다고 나왔니?"

"그렇다니까. 자, 봐."

책에는 틀림없이 그렇게 적혀 있었다.

"그럼, 아빠도 그날 회사 쉴 테니까 사흘 연휴로 축제 구경이나 갈까?"

쓰요시의 말에 사키의 눈빛이 반짝거렸다.

"정말? 앗싸! ……지난 설에 가기로 약속했던 오키나와 여행도 아빠 일 때문에 못 가서 나도 슬슬 반항기로 접어들까 했는데."

"요 녀석, 반항기는 자기가 시기를 정하는 게 아니야."

부엌으로 들어온 아내도 사키의 책을 들여다봤다.

"회사 일은 괜찮겠어?"

"유급휴가 쓰라고 하더라고."

아내와 딸이 책을 보면서 부엌에서 나갔다.

쓰요시는 갈치를 다듬는 작업으로 되돌아갔다. 등뼈를 남겨두면 소금 전병도 만들 수 있다. 시라이가 해마다 보내주는 생선 덕분이랄까, 생선 탓이랄까, 생선을 다루는 솜씨도 제법 능숙해졌다.

시라이를 만나는 게 몇 년 만일까. 세미나 교수 송별회 자리에서 만난 게 아마 5년 전이지. 그 당시 갓 결혼했다던 시라이의 아내도 만날 수 있을까. 시라이의 장점을 알아본 여성이니 틀림없이 멋진 사람이겠지.

올 어바웃
마이 마더

하네다 공항에 도착한 것은 약속 시간보다 30분이나 전이었다.

오전 8시가 지난 공항은 매우 혼잡해서 보안 검색대 줄에 긴 행렬이 늘어서 있었다.

역시 탑승 시간 15분 전은 너무 늦다니까.

마에카와 다카코는 만나기로 약속한 친구 혼다 히사에에게 휴대전화로 연락을 해야 하나 망설였지만, 전화를 걸어본들 '여전하시네'라는 소리나 들을 게 뻔해서 마음을 접었다. 그러고는 3박 4일 홋카이도 여행 짐이 든 가방을 어깨에 고쳐 메고, 남은 시간이나 보낼 겸 토산물 매점으로 향했다.

"아 글쎄, 15분이면 충분하다니까. 요즘은 탑승수속도 휴대전화로 후딱 끝내버리는 시대잖아."

어젯밤 전화 통화에서 히사에와 나눈 대화가 떠올랐다.

"그렇지만 혹시라도 붐비면 어떡해?"

젊은 시절부터 업무 관계로 해외를 내 집 드나들듯 한 히사에가 볼 때는 기껏해야 친구랑 3박 4일 홋카이도 여행을 가는 것쯤은 그야말로 긴자로 쇼핑 나가는 정도일지도 모른다.

다카코는 매점에 진열된 달콤해 보이는 과자들을 바라보면서 긴장한 탓에 일찍 눈이 뜨인 오늘 새벽녘에 창밖으로 언뜻 보였던 아침놀을 떠올렸다. 최근에 새벽 산책을 시작한 남편 데쓰지를 6시에 깨워 집을 비우는 동안 주의할 사항들을 세세하게 일러주자, "거참, 아침 댓바람부터 시끄럽긴. 다 안다니까 그러네"라며 언짢은 표정을 지었다.

실제로 정년퇴직을 한 후에야 알았는데, 남편은 요리도 잘하고 청소도 꼼꼼하게 잘해서 사나흘쯤 혼자 둬도 불편할 일이 전혀 없었다. 어쩌면 자기보다 솜씨가 더 좋을지 모른다는 생각까지 들 때도 있었다. 다카코는 그래서 더더욱 억울했다. 그렇게 요리를 잘하면서 왜 이날 이때까지 단 한 번도 부엌에 들어오지 않았을까. 그렇게 꼼꼼하게 청소를 잘하면서 왜 지금까지 더러운 재떨이 한번 씻지 않았을까. 집안일이 아무리 주부의 몫이라고 하지만, 딸아이들 육아에다, 학교에 들어간 후에는 학교 행사로 이래저래 정신을 못 차리던 시기도 있었는데……. 그럼에도 이제껏 비협조적이었던 남편이 지금에 와서야 새삼 원망스럽게 느껴지기도 했다. 마치 죽어라 집안일을 해온 자기를 고맙게 여긴 게 아니라 그 정도로 참아준 것 같은 기분이 들어서 화가 났다.

서둘러 매점 구경을 마치고, 여전히 빈자리가 없는 벤치 옆에서 발등 위에 짐을 내려놓고 서 있으니 약속 시간 정각에 히사에가 나타났다. 억울하게도 다카코가 도착했을 때는 길게 늘어섰던 보안 검색대 줄도 어찌 된 영문인지 휑하니 비어버렸다.

"보나마나 일찍 도착해서 속깨나 태웠겠지?"

마음속을 훤히 꿰뚫어본 것처럼 히사에가 웃었다.

쉰아홉 살. 대학 때부터 친한 친구였으니 나이도 똑같이 먹어왔을 게 분명한데, 히사에는 언제 봐도 왠지 모르게 화사해 보였다. 머리를 화려하게 염색하지도 않았고, 옷을 화려하게 입지도 않았지만, 모든 게 마음먹기에 달렸다는 흔한 말이 있듯이 처음 만났을 때와 다름없는 과감한 행동력이 히사에를 내면에서부터 빛나게 해준다는 생각이 들었다.

중견 증권회사에 취직한 지 4년 만에 결혼을 앞두고 퇴사한 다카코와 달리, 히사에는 작은 디자인 회사에서 일하기 시작했다. 재능도 물론 있었을 테지만, 10년쯤 회사에서 일한 후 다카코가 두 딸아이의 육아에 쫓기는 동안 인테리어 코디네이터 자격증을 땄고, 어리둥절 지내는 사이에 독립해서 요요기 우에하라의 맨션에 사무실을 차릴 정도가 되었다.

1년에 한두 번 연락해서 만났고, 다카코가 남편 험담을 쏟아놓으면 히사에는 거래처 험담을 늘어놓았다. 둘 다 맥락도 없이 횡설수설 떠드는 게 좋았는지, 그런 관계도 어느덧 20년 넘게 지속되어 왔다.

일에만 파묻혀 지내던 히사에가 아무런 연락도 없이 지금의 남편과 혼인신고를 한 것은 마흔 살 무렵이었다. 반년이나 지난 후에야 어이없게 전화로 그 소식을 전해 들은 다카코가 "그런 말을 왜 이제야 해!"라며 분개하자, "이미 5년이나 같이 살았는데 새삼스럽게 뭘" 하며 히사에는 시원스럽게 대꾸했다. 딸들의 출산을 빼면 결혼 외에 별다른 사건이 없었던 자기의 인생이 왠지 진부하게까지 느껴져서 견디기 어려웠다.

히사에는 다카코의 두 딸을 무척 귀여워했다. 고등학교까지 매년 거르지 않고 생일선물을 사주었는데, 다카코는 들어본 적도 없는 감각이 뛰어난 고급 브랜드 물건이라 그때마다 딸들에게 "엄마는 이런 것도 몰라?"라고 바보 취급을 당했다.

한창나이인 딸들에게는 히사에가 멋져 보였을 것이다. 결국 둘 다 이미 서른 살이 넘었지만, 진지하게 사귀는 사람이 있는지 없는지, 자매가 똑같이 휴일도 없는 일에 희희낙락 쫓기며 살아간다.

"그 숄 괜찮은데."

탑승 대기 줄에 서 있는데, 숙박할 온천여관의 팸플릿을 들여다보던 히사에가 불쑥 입을 열었다.

"이거? 아유한테 빌린 거야."

"아 참, 지난번에 웬일로 아유가 우리 사무실에 왔더라."

"뭐? 언제?"

처음 듣는 얘기였다. 독립한 큰딸 아카네와는 달리 둘째 딸 아유는 아직까지 집에서 같이 살고 있다.

"언제였더라, 지난달……."

"그런 말은 전혀 안 하던데."

"딱히 보고할 일도 아니잖아. 놀러 왔기에 같이 밥 먹으러 나갔다 그대로 헤어졌는걸, 뭐."

"아무리 그래도 매일같이 얼굴 보고 사는데 말해주면 어디가 덧나나."

"날 만나면 숨통이 트인대."

"그럼 나랑 있으면 숨통이 막힌다는 뜻이야?"

정말로 화를 내는 건 아니지만, 얄미운 소리라도 한마디 해주고 싶었다.

"그야 넌 친엄마잖아. 말하기 곤란한 일도 있겠지."

"무슨 말하기 곤란한 일이라도 생겼대?"

"그걸 내가 어떻게 알아."

어이가 없다는 표정으로 히사에가 다시 팸플릿을 펼쳤다.

최근 반년 동안 다카코는 아무래도 둘째 딸과의 관계가 원만하지 못한 느낌을 받았다. 노골적으로 말다툼을 하지는 않았지만 그쪽이 이쪽을 거슬려하는 건지, 이쪽이 그쪽을 거슬려하는 건지 헷갈리는 분위기라서 서로 의미도 없는 선제공격만 계속하는 느낌이었다. 때마침 남편이 정년퇴직을 하고 매일 집에 있게 된 무렵이라 대충 그 탓으로 돌려버렸다.

학창시절부터 비교적 거리낌 없이 남자친구를 집으로 데려왔던 첫딸과는 달리 둘째 딸 아유는 모두에게 마음을 닫아둔 것 같은 면이 있었다. 동성친구도 첫딸이 늘 시끌벅적하게 몰려다닌 탓인지, 둘째딸 아유를 보고 있으면 친한 친구와도 어딘지 모르게 한발 물러서서 사귀는 느낌이 들었다. 고등학교 시절의 유일한 친구인 마사미라는 여자애가 있는데, 다카라즈카(미혼 여성으로 결성된 일본을 대표하는 가극단─옮긴이)부터 대중연극까지 연극이라면 뭐든 좋아하는 아이였다. 그애랑 연극을 보러 갈 때만 티 없이 환한 미소를 보인 것 같은 기분도 들었다. 그러나 그것도 학창시절까지의 일이고, 영화제작사에 취직한 후로는 동료나 친구도 생겼는지 주말에는 아침에 들어오는 일도 있었다. 남편이야 물론 얼굴을 찌푸렸지만, 다카코는 왠지 모르게 마음이 놓이기도 했다.

"흐음, 혹시 지금 사귀는 사람이라도 있을까?"

"그걸 내가 어떻게 알아."

"단체로 같이 온천에 가는 친한 남자애들은 있는 것 같던데."

"왜? 빨리 결혼했으면 좋겠니?"

"그런 뜻은 아니지. 널 보면 나도…… 여자의 행복이 꼭 결혼만은 아니다 싶으니까."

"그럼 문제 될 거 없잖아. 아유가 선택한 인생이 가장 좋은 인생일 테니까."

"그건 나도 알아."

"애, 탑승구가 아직 안 열린 것 같으니까 앉아서 기다릴래?"

히사에의 말에 다카코는 발밑에 내려둔 짐을 들고 조금 떨어진 벤치로 이동했다.

"아 참, 너희 어머니가 몇 살쯤 돌아가셨지?"

히사에가 문득 생각이 떠오른 듯 물었다.

"쉰아홉 살."

"맞아, 그랬지. 그럼……."

"그래, 우리랑 같은 나이야."

"어머나, 정말 그러네."

히사에가 감개무량한 듯이 몇 번이나 고개를 끄덕거리더

니, "난 너희 어머니가 굉장히 좋았는데"라며 그리워했다.

"지난달이 기일이었어. 이번엔 왠지 온갖 생각이 나더라."

"그야 그럴 테지."

"근데 글쎄, 뜬금없는 생각이 떠오르지 뭐니. 가만있자, 언제였더라. 내가 아직 초등학생 무렵이었던 것 같은데, 언젠가 어머니 친구가 우리 집에서 한동안 묵은 적이 있었어. 왠지 어두운 분위기가 감도는 분이었지. 2주쯤 있었을까. 그때는 잘 몰랐지만, 남편이랑 이혼했다던가 뭐라던가⋯⋯. 아무튼 의지할 사람이 우리 어머니밖에 없었던 모양이야. 아버지는 노골적으로 불편해하는 기색이 역력했고, 나도 왠지 싫었어."

"그래서 쫓아냈니?"

"그게 기억이 잘 안 나."

"어쨌든 집을 떠난 건 맞잖아."

"그래. 어느 날 갑자기 떠났어. 남편 곁으로 돌아갔는지, 친정으로 갔는지는 모르지만. 그 후로는 어머니랑 그분 얘기는 전혀 안 했던 것 같아. 그런데도 어머니가 세상을 떠났을 때, 왜 그런지 가장 먼저 떠오른 게 그분 얼굴이었어. 아, 그분한테 연락해야겠다 싶더라고. 그렇지만 연락처를 알 길도 없으니⋯⋯."

등 뒤에서 탑승을 알리는 안내방송이 흘러나오기 시작했다.

산의
소리

"손님 걸음이면 여기서 30분도 안 걸릴 겁니다."

민박 프런트 데스크에 지역 명소를 소개하는 팸플릿이 놓여 있었다. 동백꽃으로 유명한 신사(神社), 민속 공예품 공작 체험터 등에 뒤섞여서 등산이라고 부를 수 없는 나지막한 산의 하이킹 코스가 소개되어 있었다.

무심코 하이킹 코스를 손가락으로 따라 그리고 있는 와다 다카시에게 민박집 주인이 말을 건넸다.

"……이 주변은 지금 시기에는 정말 죄송스러울 만큼 추천할 만한 곳이 없습니다. 원래 스키 손님들이 주로 찾으시는 고장이라서."

다카시가 아직 가겠다는 말을 하기도 전인데, 민박 주인이 등 뒤의 커다란 창을 손가락으로 가리키며, "뒤쪽으로 나가면 곧바로 산책로가 나옵니다"라고 가르쳐주었다.

40대 중반이나 됐을까, 다박수염이 자란 주인의 얼굴은 햇볕에 가무잡잡하게 그을려 있었고, 무뚝뚝한 말투도 제철이 지난 통나무집풍의 민박과 잘 어울렸다.

성수기 스키 시즌으로는 늦고 피서 시즌으로는 너무 이른, 그렇다고 연휴도 아닌 휴일, 민박에 숙박하는 손님은 다카시 한 사람뿐이었다.

어젯밤 늦게 체크인을 한 후, 아무도 없는 거실에서 혼자 식사를 하는데, 주방에서 나온 주인이 "이번 주는 집사람이 친정으로 쉬러 갔습니다. 무슨 불편한 점이 있으면 편하게 말씀해주십시오"라고 말했다. 말하자면 안주인까지 휴가를 낼 만큼 성수기가 한참 지난 한가한 주말인 듯했다.

다카시는 3년쯤 전부터 몇 개월에 한 번씩 이렇게 시즌이 지난 민박이나 펜션에서 주말을 보내곤 했다. 무슨 특별한 계기가 있어서 시작한 일은 아니다.

대형 전자제품 회사의 사무직으로 올해 나이 서른두 살. 독신에다 도심의 맨션에 사니 놀려고 작정하면 놀 방법이야 얼마든지 있을 테지만, 왜 그런지 주말을 이렇게 보내는 편이 훨씬 더 마음에 들었다.

인기척 없는 한적한 민박이나 펜션에 혼자 묵으면서 딱히 무슨 일을 하는 것도 아니었다. 날씨가 좋으면 근처로 산책을 나가고, 읽던 책이 있으면 읽고, 나머지 시간에는 들고 온 나뭇조각을 조각칼로 새기곤 했다. 불상이라도 만들면 조각이 취미라고 말할 수 있겠지만, 안타깝게도 그 정도 기량은 못 돼서 정사각형 나뭇조각을 공 모양으로 만들거나 가늘고 긴 나무를 사람 형태로 만드는 데 만족했다.

예를 들어 공작용 전기 커터 같은 도구를 쓰면 좀 더 효율적으로 뭔가를 만들 수 있을지도 모르지만, 작품의 완성보다는 그 과정이 더 즐거워서 초등학생이 사 모으는 싸구려 조각칼로 한 칼 한 칼 느긋하게 새겨나가는 게 성격에 맞았다.

간단히 나뭇조각이라고 표현했지만, 종류에 따라 전혀 다른 향기가 난다. 그중에서도 특히 녹나무는 조각을 하다 보면 저절로 긴장이 풀리는데, 파낼수록 나무 안쪽에서 짙은 향이 배어나오기 때문이다.

민박 주인이 가르쳐준 산책길로 나가자, 시냇물 위에 걸린 작은 다리가 나왔다. 다리 너머가 하이킹 코스인지 거리를 표시해둔 안내판이 서 있었다. 다리 위에서 내려다본 시냇물은 물이 그리 많지는 않았지만, 주변 나무들이 수면에 비쳤고, 기분 좋은 웃음소리 같은 소리를 내며 흘러갔다.

다카시는 시냇물 흐르는 소리를 등 뒤로 들으면서 천천히 정상을 향해 걸어가기 시작했다.

하이킹 코스는 말끔하게 포장되어 있었다. 붉은 기가 감도는 아스팔트 길이 정상까지 이어지는 듯했다. 산책길 난간 위에 작은 새 한 마리가 앉아 있었다. 부리가 붉고 귀여운 작은 새였는데, 한동안 물끄러미 지켜보자 날개를 파닥거리며 날아갔다.

"혼자 여행하고 싶다는 건 혼자 있고 싶다는 뜻이잖아."

며칠 전에 '또 여행을 가겠다'고 전하자, 미사는 그렇게 말했다.

"……아니 뭐, 꼭 그런 건 아니야."

"그럼, 이유가 뭐야?"

"그러니까 딱히 이유라고 할 것까지도 없고……."

"지금 내가 가지 말라는 게 아니야. 다만, 가능하면 제대로 설명해주길 바랄 뿐이지. 그거면 충분해."

"……무슨 말인지 알아."

어릴 때부터 말이 많은 편이 아니었다.

그래도 초·중·고교에서 줄곧 야구부 활동을 해서 주위에 유쾌한 녀석들이 넘쳐난 덕분에 자기가 말을 안 해도 하루하루 즐겁고 시끌벅적하게 지낼 수 있었다. 어떤 의미에서는 주위가 워낙 떠들썩하다 보니 자기 말수가 적다는 사실조차 알아채지 못했는지도 모른다.

완만했던 산책길이 차츰 경사가 급한 언덕길로 변했고, 시야가 트인 모퉁이를 돌아서자 긴 돌계단이 모습을 드러냈다. 갓 새로 만든 길치고는 인기척이 너무 없어서 마치 출입금지 지역에 잘못 들어선 기분까지 들었다.

바람이 일어 등 뒤에서 나무들이 흔들렸다. 누가 가까이 다가오는 느낌이 들어 뒤를 돌아봤지만, 뒤에는 지금 자기가 걸어온 길뿐이었다.

"얼마 전에 집에 갔더니 엄마가 '이 집 팔고, 역 근처 맨션 같은 데 살아볼까'라는 소리를 하시더라."

며칠 전 오랜만에 누나를 만났다.

"왜?"

"사실 지금 집은 엄마랑 아빠 두 분만 살기에는 너무 넓긴 하잖니."

"그 정도로 큰 호화주택도 아닌데."

"그야 그렇지만 스스로도 나이가 들었다는 자각이 있는 거 아닐까. 빨래 널러 2층 베란다까지 올라가기가 힘들다셨어. 올라가기로 마음먹으면 일단 짧은 휴식부터 취하게 된다는 말까지 하시던걸. ……넌 계속 여기서 살 생각이니?"

"그런 건 아직 안 정했어."

"미사 씨랑 아직 결혼 얘기도 안 했어?"

"했어."

"그럼 미사 씨도 처음부터 시부모랑 같이 사는 건 싫어하겠지."

"금방 구체적으로 결정 날 얘기는 아니야. 그쪽도 일이 바쁜 모양이니까."

"으음, 회사랑은 좀 멀어지겠지만 그렇다고 못 다닐 정도는 아니잖아. 네가 부모님이랑 같이 살면 좋을 텐데."

긴 돌계단을 천천히 올라갔다. 그 지역에서 가장 높은 산도 아니라서 주위를 내려다보는 느낌은 아니었지만, 그래도 한 계단씩 올라갈 때마다 주변 산들이 뚜렷하게 자태를 드러냈고, 기분 탓인지 공기도 맑아지는 느낌이었다.

발밑에 핀 이름 모를 노란 꽃들이 그 일대를 가득 메우고 있었다. 때마침 불어온 바람에 꽃들이 일제히 같은 방향으로 나부끼는 모습이 너무나 아름다워서 다카시는 그 자리에 멈춰 선 채 꽤 오랫동안 넋 놓고 그 모습을 지켜보았다.

"하고 싶은 말이 있으면 확실하게 해. 네가 말을 안 하면 엄마도 알 수가 없잖아."

정상을 코앞에 둔 지점에서 문득 어릴 적에 들었던 어머니의 말이 되살아났다. 어떤 상황이었는지는 기억나지 않지만, 몹시 난감해하는 어머니의 얼굴만큼은 선명하게 떠올랐다.

지금까지의 인생에서 말수가 적어서 손해를 봤는지 득을 봤는지는 알 수 없다. 다만 말수가 적다고 매몰찬 대우를 받은 적도 없고, 그렇다고 칭찬받은 일도 없을 뿐이다.

마지막 돌계단에 발을 올리자, 저 멀리로 호수가 보였다. 아무도 없는 산 정상으로 바람이 살며시 스쳐 지나갔다. 구름이 아니라 대지가 서서히 움직이는 느낌이었다.

다카시는 주위에 아무도 없어서 '야호'라도 외쳐보려고 두 손을 입가에 댔다. 그러나 멋쩍어서 금세 손을 내려버렸다.

그래도 기분은 좋았다. 자기의 심호흡 리듬과 장대한 광경의 리듬이 딱 들어맞는 걸 실감할 수 있었다. 그 순간, 불현듯 이런 생각이 들었다.

이 경치도 뭔가 하고픈 말이 있을까.

산에서 내려와 민박으로 돌아가자, 식당에서 쉬고 있는 주인이 보였다. 주인은 막 내린 커피를 따라주었다.

"이렇다 할 산은 아니지만, 그래도 정상까지 올라가니까 경치는 볼 만하죠?"

주인의 말에 고개를 끄덕이고 창밖으로 시선을 돌렸다. 하늘과 숲. 아무것도 없다고도 할 수 있고, 모든 게 다 있다고도 할 수 있다.

"손님, 조각하시나 봐요. 좀 전에 청소하러 갔더니 책상 위에 놓여 있더군요."

"아, 죄송합니다. 나무 부스러기는 깨끗이 치우고 가겠습니다."

"아닙니다, 아니에요. 그런 걱정은 할 필요 없습니다. 나무 부스러기쯤이야 청소기로 휙 빨아들이면 끝이니까."

주인이 커피와 먹을 과자를 가지러 나간 후, 다카시는 또다시 창밖으로 시선을 돌렸다.

여기서 바라보이는 경치도 뭔가 하고픈 말이 있을까. 혹시 있다면, 뭔가 하고픈 말이 있는 경치와 아무런 할 말도 없는 경치는 어느 쪽이 더 아름다울까.

주인이 과자를 들고 돌아왔다.

"자, 그럼 난 안에서 잠깐 낮잠이라도 자볼까."

책상 위에 과자를 내려놓는 주인에게 "저, 여기서 조각해도 될까요?"라고 다카시는 묻고 있었다.

연인들의
식탁

늘 이용하는 역 앞 승차장에서 대학으로 가는 버스에 올라 탄 게 분명한데, 달리기 시작한 지 얼마 안 돼서 위화감이 느껴졌다. 혹시 다른 노선을 탔나 싶어 허둥지둥 앞으로 시선을 돌렸지만, 전광판에는 늘 보던 표시가 떠 있었다.

　전광판에서 시선을 돌리며 퍼뜩 뭔가를 알아차렸다. 버스를 잘못 탄 게 아니라 승객들의 분위기가 평소와는 달랐던 것이다. 생각해보면 당연한 일이었다. 신학기. 버스에는 신입생들이 많이 타고 있었다.

　신입생에게 무슨 특별한 표시가 붙어 있는 건 아니지만, 어딘지 모르게 불안하고, 어딘지 모르게 자기 자신을 고무시키는 듯한 앳되고 순진한 표정을 보면 한눈에도 금방 신입생이라고 알아볼 수 있다. 올봄에 4학년이 된 하세베 와타루는 3년 전의 자기 모습을 그들과 중첩시키며 옛일을 회상하는 마음으로 차 안을 둘러보았다.

개중에는 자기랑 마찬가지로 지방에서 갓 상경해서 아직 앞뒤 분간도 못한 채 이 버스에 탄 녀석도 있을 게 틀림없다. 앞으로 무엇이 시작될지 모르는 불안감. 그리고 앞으로 시작 될 그 무언가에 대한 기대감. 그런 생각을 하며 새삼 다시 둘 러보자, 바로 앞에 손잡이를 잡고 서 있는 녀석은 영락없는 신입생이었다. 힘이 살짝 들어간 그 어깨를 두드리며 긴장 풀 라고 격려해주고 싶어졌다.

와타루는 문득 처음 이 버스에 탔을 때 자기 모습은 과연 어땠을까 하는 생각을 해봤다. 지방 출신이라는 사실 때문에 일찍부터 '도쿄'에 짓눌려버린 모습은 아니었을까.

그런 생각에 잠겨 멍하니 차 안의 신입생들을 바라보고 있 는데, 비비안에게서 문자가 왔다.

'점심 같이 먹을래?'

비비안과 사귀기 시작한 지 2년이 지났다. 전적으로 첫눈 에 반한 것이 계기였다.

어느 날 게시판 앞에 서 있는 그녀를 발견했고(나 자신도 어 떻게 그런 용기가 생겼는지 아직도 이해할 수 없지만), 정신을 차 려보니 말을 걸고 있었다. 일본 사람인 줄 알았는데, 그녀는 홍콩에서 온 유학생이었다.

기분이 상하면 광둥어로 얘기한다. "으음, '애당초'라는 말은 무슨 뜻이야?"라는 식으로 텔레비전을 보다가 뜬금없이 설명하기 매우 까다로운 질문을 던지곤 한다. 겨울이 되면 "올해는 눈 안 와?"라고 끈질기게 물어댄다.

사귄 지 2년이 지났지만, 그 세 가지 점만 빼면 자기는 여전히 그녀에게 푹 빠져 있는 것 같다.

'좋아, 그럼 점심시간에 학생식당에서 보자'라고 답장을 보내고 휴대전화를 닫았다. 언뜻 시선이 느껴져서 고개를 들어보니 앞에 서 있던 신입생이 이쪽을 쳐다보고 있었다.

이번 봄방학에 고향 집에 가는 비비안과 같이 홍콩에 다녀왔다. 벌써 세 번째 방문이었고, 갈 때마다 오래된 레스토랑의 주방장 출신인 비비안의 아버지가 직접 해주는 요리를 대접받았는데, 이번에는 처음으로 비비안의 두 언니도 만날 수 있었다. 늘 그렇듯 배가 고픈 상태로 비비안의 집으로 가자, 이미 모두들 모여 있었고 식탁에는 먹음직스러운 전채요리가 늘어서 있었다.

현관까지 나온 비비안에게 부탁받은 디저트 케이크를 건네자, 곧이어 따라 나온 어머니가 "또 호텔에서 묵는다며? 비비안 방에서 자도 괜찮은데. 아버지도 겉으로는 잔소리를 해도 자네랑 밤늦게까지 술 마시고 싶어 하니까"라는 말을 빠른 영어로 줄줄 쏟아놓았다.

어머니에게 등을 떠밀려 거실로 들어가자, 비비안의 언니 두 사람과 각자의 남편이 이미 자리를 잡고 앉아 있었다.

얘기는 미리 들었지만, 정말로 국제적인 모임이었다. 첫째 딸의 남편은 미국인이고, 둘째 딸의 남편은 한국인, 거기에 셋째 딸의 남자친구로 일본인인 와타루까지 합세했다. 게다가 비비안의 어머니는 말레이시아 출신이라 토박이 홍콩인은 아버지뿐이었다.

비비안이 소개해주는 한 사람 한 사람에게 정중하게 인사를 건네자 "와우, 영락없는 일본 사람이네"라며 첫째 딸의 남편인 릭이 놀렸고, "그래. 당신이랑은 달라서 예의가 아주 바르지. 그렇죠?"라며 첫째 딸이 미소를 건넸다.

얘기를 들어보니 두 사람은 현재 샌프란시스코에 살고 있는데, 1년 만에 귀국한 듯했다.

"1년 내내 아버님이 해주시는 요리를 먹고 싶어서 혼났습니다."

릭이 말을 건네서 부엌을 들여다보니, 앞치마를 두른 아버지가 커다란 냄비에 닭고기를 튀기고 있었다.

부엌으로 들어가서 아버지에게 인사를 했다. 무뚝뚝하지만 서툰 영어로 "호텔에 묵는다면서?"라고 어머니와 똑같은 질문을 했다.

"싼 호텔이라 괜찮습니다."

식탁에서는 세 자매와 어머니가 광둥어로 얘기를 나누며 웃음꽃을 피웠다.

"금방 되니까 나가 있어." 아버지가 등을 떠미는 바람에 거실로 돌아왔다. 둘째 딸의 남편인 상수 옆에 자리를 잡고 앉자, 서둘러 와인을 따라주었다. 한국 드라마에서 본 대로 한 손을 팔꿈치에 대고 잔을 받으려 하자 "어머, 한국식이네"라며 둘째 딸이 웃었다. 그럭저럭 시간을 보내는 사이, 아버지가 이윽고 오리를 담은 커다란 접시를 안고 나타났고 일단은 다 함께 건배를 하기로 했다.

광둥어, 영어, 한국어, 일본어가 뒤섞인 떠들썩한 식탁이었다. 각자가 자기 나라말로 얘기하는데도 각자의 파트너가 그 말을 간단하게 통역해줘서 신기하게도 대화에 막힘이 없었다. 웃을 때는 동시에 웃고, 놀랄 때는 동시에 놀랐다.

현재 홍콩에 사는 상수와는 축구 얘기로 한껏 열기가 달아올랐다. 홍콩에서는 고향 팀의 축구 중계를 볼 수 없는지, 그것이 홍콩 생활의 유일한 아쉬움이라며 한탄했다. 그러자 두 사람의 얘기를 듣고 있던 릭이 "상수, 잘됐네. 축구 얘기 할 상대가 생겨서"라며 끼어들었다.

"한국 남자들은 축구랑 군대 얘기로 밤새 술을 마신다니까."

둘째 딸의 말에 "어머, 그건 미국 남자도 마찬가지야. 릭은 텔레비전 두 대로 풋볼이랑 농구를 동시에 틀어놓고 볼 정도야"라며 첫째 딸이 웃었다. 그러자 비비안도 "그럼 일본 남자는 야구라고 해야겠지. 질리지도 않고 밤마다 뉴스로 시합 결과를 확인해야만 잠을 잘 정도니까"라며 끼어들었다.

원래는 유서 깊은 고급 레스토랑이 아니면 맛볼 수 없을 요리를 각자의 입으로 옮기면서도 화제는 끊일 줄을 몰랐다. 시차 적응이 안 돼서 줄곧 잠들어 있던 첫째 딸 부부의 두 살짜리 아들이 깬 후로는 각자의 나라말로 놀아주는 바람에 분위기는 점점 더 시끌벅적하게 변했다.

식사를 마치고 베란다에서 혼자 담배를 피우고 있자, 비비안의 아버지가 밖으로 나왔다.

"담배 피우는 사람은 나랑 자네뿐이군" 하며 씁쓸하게 웃어서 "아버님, 저도 슬슬 끊을 겁니다"라고 말하고는 웃으며 라이터로 불을 붙여주었다.

"비비안이 일본에서 자네 어머님에게 여러모로 신세를 지는 모양이더군. 나 대신 인사라도 전해주게."

"웬일인지 둘이 온천여행까지 가던데요. 저한테는 같이 가자는 말도 안 해요."

"자네 아버님이 돌아가신 지 몇 년이나 됐지?"

"제가 다섯 살 때였으니까 벌써 16년, 아니 17년쯤 지났을까요."

그렇게 대답하자, 담뱃재를 떨어낸 비비안의 아버지가 "어머님을 제일 소중하게 여겨야겠군" 하고 중얼거리듯 말했다.

23층 베란다에서는 홍콩의 밤하늘이 보였고, 문 너머에서는 떠들썩한 웃음소리가 들려왔다.

오전 세미나 수업을 마치고 학생식당으로 가자, 비비안이 먼저 와서 기다리고 있었다. 옆에는 그녀가 다니는 예술학과 교수가 있었는데, 둘이서 한창 무슨 얘기를 나누고 있었다. 그들의 얘기가 끝날 때까지 기다렸다가 "미안해. 늦어서"라며 비비안에게 다가갔다. 계단을 올라가는 교수를 배웅하던 비비안이 "배고파" 하고는 팔을 잡아당겼다.

"무슨 얘기야?"

"……으응, 대학원에 갈까 하고."

"저 교수님 밑으로?"

"응. 난 그녀가 하는 일을 동경하니까."

교수의 본업은 큐레이터라 대학에서 수업을 담당하는 한편 해마다 세계의 젊은 현대 작가들의 작품을 모아다 국내의 큰 미술관에서 전람회를 열고는 했다.

두 사람 다 B런치를 쟁반에 올리고 빈자리를 찾아 앉았다. 식탁은 그럭저럭 차 있었지만 아직은 신학기가 갓 시작된 때라 심하게 붐비지는 않았다.

비비안과 도쿄 현대미술관에서 개최 중인 전람회 얘기를 나누고 있는데, 낯익은 한 학생이 쟁반을 들고 우왕좌왕하는 모습이 눈에 들어왔다. 오늘 아침 버스 안에서 앞에 서 있던 신입생이었다.

"아는 사람이야?"

비비안이 묻는 말에 고개를 저었다.

학생식당에서 점심을 주문한 것까진 좋았는데, 어디에 앉아야 할지 망설이는 듯했다. 의자 몇 개가 비어 있긴 했지만, 모두 다른 사람과 동석해야 하는 자리였다.

퍼뜩 생각이 떠올라서 "여기 앉아도 돼"라고 말을 건넸다. 신입생으로 보이는 학생은 순간 놀란 듯했지만, 마음이 조금 놓인 듯 가까이 다가왔다. 3년 전, 자기의 눈에도 학생식당이 무척이나 넓게 느껴졌던 기억이 불현듯 떠올랐다.

"혼자 오면 앉기가 좀 그렇지."

그렇게 말을 건네자, 식탁 위에 쟁반을 내려놓은 신입생이 "아, 네"라며 쑥스러운 듯이 웃었다.

드라이
클리닝

안개비로 변했다.

창밖 너머, 교통 체증에 시달리던 야마테 거리의 자동차 행렬이 빗물로 부옇게 흐려졌다.

창가 쪽으로 가려는데, 등 뒤에서 건조기 버저가 울렸다. 유리창으로 뻗었던 손을 거둬들이고 가게 안으로 돌아왔다.

커다란 건조기 안에서는 형형색색의 빨래가 잠시 한숨을 돌리듯 사뿐히 가라앉아 있었다. 그 옷가지들을 작업대로 옮기고, 한 장 한 장 정성스럽게 개기 시작했다.

아라이 후미코가 일하는 세탁 대행 서비스 가게인 'WHITE DELI'는 도쿄 대학 고마바 교정과 가까운 야마테 거리에 있었다. 파란색과 흰색을 기본 색조로 쓴 밝은 분위기의 매장이라 그런지, 아니면 가게 이름 때문인지, 차를 타고 그 앞을 지나면 언뜻 세련된 카페로 보이기도 한다.

실제로 가게를 막 열었을 무렵에는 근처에 사는 나이 든 여성이 불쑥 들어와 "저, 여기는 무슨 가게지?"라고 진지한 표정으로 물었던 적도 있다.

후미코는 서둘러 카운터 밖으로 나가서 그 여자에게 가게 전단지를 건넸다. 건네주면서 이런저런 가게고, 이런저런 서비스가 있다고 확실하게 설명했지만 "아하, 세탁소구나"라며 역시나 오해를 했다.

세탁 대행 서비스와 세탁소는 비슷한 것 같으면서도 다른 가게지만, 그 차이를 알기 쉽고 간단하게 설명하기는(특히 상대가 나이가 많으면) 힘들었다.

후미코의 가게에서는 말 그대로 세탁을 대행한다. 보통 자기 집에서 세탁기로 빠는 빨래들을 가게 전용 가방에 담아 오면, 그것을 맡아서 대신 세탁하고 가지런하게 개서 돌려준다. 따라서 와이셔츠나 스웨터처럼 집에서 빨 수 없는 옷을 내놓는 세탁소와는 어떤 의미에서는 전혀 다른 옷들을 취급한다.

집에서 빨 수 있는 옷이면 집에서 빨면 그만이라고 말하는 사람도 많겠지만, 요즘 같은 시대에 세탁은, 아무리 전자동이라고 해도 역시나 손이 많이 가는 가사 노동의 하나다. 예를 들어 맞벌이 부부라거나 일 때문에 정신없이 바쁜 독신일 경우, 빨래를 널고 개는 그 시간에 차라리 다른 일을 하는 게 더 효율적이라고 생각하는 사람도 많다.

후미코는 원래부터 옷 개는 일을 좋아했다.

자기 옷은 말할 것도 없고, 가끔 친구 집에 놀러 가면 여자라도 어수선한 집이 많았는데, 대부분은 벗은 채로 내동댕이치거나 옷장에서 꺼낸 채 아무렇게나 던져놓은 옷들이 많았다.

후미코는 친구랑 시시한 잡담을 나누면서 가까이 있는 그런 옷들을 개곤 했다.

여자끼리 나누는 대화라 비교적 남자에 관련된 화제가 많았다. 특히 남자친구랑 싸웠다거나 남자친구랑 헤어졌다거나 남자친구가 바람을 피웠다거나, 어디 괜찮은 남자는 없을까 등등 굳이 따지자면 푸념이 많았다.

그런 얘기를 찻집 같은 곳에서 들을 때면, 후미코는 금세 상대방의 감정에 휩쓸려서 "남자들은 정말 싫어", "이제 그만 헤어져 버려"라고 불길에 기름을 쏟아붓는 일이 많았다. 그런데 신기하게도 빨래를 개면서 그런 이야기를 들으면 묘하게 마음이 안정돼서 "그야 ○○한테도 무슨 사정이 있겠지"라고 대꾸하게 된다.

후미코는 굳이 나누자면 어릴 때부터 말투가 거친 아이였다. 어린 남동생을 울려서 엄마한테 늘 야단을 맞았다.

그럴 때마다 엄마는 후미코에게 꼭 빨래를 개라고 시켰다.

물론 매번 빨래였던 건 아니고, 찻주전자를 씻게 하거나 청소를 시키기도 했지만, 왜 그런지 후미코가 지금까지 선명하게 기억하는 것은 말썽을 피워서 빨래를 갰던 정경이다.

작업대로 옮긴 옷가지들을 거지반 갤 무렵, 세탁물을 수거하러 나갔던 아르바이트생 요네타니가 돌아왔다. 흠뻑 젖어서 뛰어 들어온 요네타니를 보고 후미코가 가게 밖으로 시선을 돌리자, 안개비는 어느새 굵은 빗줄기로 변해 있었다.

"늦어서 죄송해요."

요네타니가 젖은 머리를 수건으로 문지르며 빨랫감이 가득 든 가방을 선반 위에 올렸다.

"수고했어. 완전히 물에 빠진 생쥐 꼴이네."

"그칠 줄 알았는데."

"차에 우산 없었어?"

"아뇨, 있는데 귀찮아서."

"귀찮다니······. 요네타니가 젖는 건 상관없지만, 손님들 세탁물이 젖으면 곤란하잖아."

"안 젖게 조심했어요."

요네타니가 입술을 삐죽 내밀며 직원실로 모습을 감췄다. 실은 흠뻑 젖어 들어온 그의 노고를 치하해줄 생각이었는데,

왜 그런지 얘기가 도중에 이상하게 흘러가 버려서 후미코는 난처한 심정이었다.

"요네타니! 거기 케이크 있으니까 먹어."

기분을 달래주려고 말을 건넸다. 안에서 "네에" 하는 언짢은 목소리가 들려왔다.

"아 참, 구보 씨 맨션에 전단지 넣었어?"

"네에."

순간 '전단지는 안 젖었겠지'라고 말하려다 허겁지겁 입을 다물었다. 상대도 금세 알아챘는지 "전단지는 안 젖었으니까 걱정 마세요!"라는 말이 들려왔다.

"그런 말은 안 했잖아…… 생각은 했지만……."

감정을 억누르고 그렇게 중얼거린 후, 또다시 옷들을 개기 시작했다.

요네타니는 이른바 배우 지망생으로, 이 아르바이트는 생활비를 벌기 위한 방편이었다.

아르바이트 면접을 보러 왔을 때, 배우 지망생이라고 밝히기에 '보나마나 아마추어보다는 조금 나은 수준의 극단에나 소속되었겠지' 하고 멋대로 상상했다. 그런데 어느 날 집에서 멍하니 텔레비전을 보는데 누구나 다 아는 패스트푸드점 광고가 흘러나왔고, 화면 한가득 요네타니의 얼굴이 나와서 화들짝 놀랐다.

다음 날 곧바로 요네타니에게 광고에서 봤다고 말했다.

"대단해! 햄버거를 물고 있는 모습이 크게 클로즈업되어서 순간적으로 잘못 본 줄 알았다니까!"

흥분하는 후미코 앞에서 요네타니는 "아아, 그거요"라며 따분해하는 표정을 지었다.

"배우 지망생이라고 해서 보나마나 시모키타자와 선술집 같은 데서 떠들어대는 소극단 단원쯤이겠지 했는데……."

"네, 맞아요. 소극단 단원이고 선술집 같은 데서 떠들어대요."

"어? 그런 거야? 그런데 어떻게 그 유명한 회사의 텔레비전 광고에 나오지……."

"그러니까 그건 생활비를 벌기 위해서 어쩔 수 없이……."

"어쩔 수 없이 텔레비전 광고에 나간다니, 그거 대단한 거 아닌가?"

"그런가요?"

그 대화 때문이었을 것이다. 후미코는 요네타니가 어딘지 모르게 남동생 마사오랑 닮았다는 생각을 떨쳐낼 수 없었다.

대단하다고 칭찬해주는 말을 순순히 인정하려 들지 않았다. 그러면서도 헐뜯으면 입을 삐죽 내밀며 진심으로 화를 냈다.

남동생 마사오는 대학 졸업 후 취직도 하지 않은 채 아르바이트로 돈을 모아서는 세계 각국으로 방랑여행을 떠났다. 시골 부모님은 이제 걱정할 기력도 바닥이 났는지, "요즘은 해외에서 무슨 사고가 생겼을 때나 그 애 생각이 난다니까"라며 웃었지만, 속마음까지 편할 리는 없었다.

그런 마사오가 올 설에는 웬일로 일본에 있어서 목덜미를 낚아채듯 부모님이 계신 시골로 끌고 갔다. 오랜만에 설교라도 실컷 퍼부어주려고 작정하고 있었는데, 남동생은 "지금 그쪽에서 자원봉사 활동하고 있어"라고 말했다. 얘기를 들어보니 우물을 파는 NGO인지 뭔지의 일원인 듯했다.

"그게 네가 하고 싶었던 일이니?" 후미코가 물었다.

"딱히 그런 건 아니야. 그냥 같이 하자고 해서."

"그런 마음가짐으로 우물을 파주면 상대가 기뻐하겠니?"

"내 마음가짐이 어떻든 물만 나오면 기쁜 거 아닌가?"

여전히 귀여운 구석은 털끝만큼도 없다는 생각이 들면서도 눈앞의 남동생이 어느새 꽤 많이 성장한 것처럼 보였다.

세탁물을 다 갰을 무렵, 전화벨이 울렸다.

아주 가까운 곳에 사는 손님이라 곧바로 찾아뵙겠다고 말하고 전화를 끊었다. 언뜻 밖을 내다보니 비는 어느새 개어 있었다. 야마테 거리의 교통 체증은 점점 더 심해졌지만, 우산을 접고 걸어가는 사람들의 얼굴은 왠지 밝고 환해 보였다.

이 가게에는 다양한 손님들의 세탁물이 모여든다. 직장이나 데이트에서 활약한 티셔츠가 다음 차례를 앞두고 이곳으로 모여든다. 후미코 일행은 그런 옷들을 세탁하고, 가지런하게 개어 손님에게 돌려준다. 가지런하게 갠 옷가지들은 참으로 아름답다.

세탁물 수거를 부탁하려고 후미코가 직원실에 있는 요네타니를 불렀다. 그런데 몇 번을 불러도 대답이 없기에 낮잠이라도 자나 싶어 문을 열어보니, 직립 부동자세로 우뚝 선 그가 잔뜩 긴장한 표정으로 누군가와 전화 통화를 하고 있었다.

"네! 고맙습니다! 네! 열심히 하겠습니다!"

들뜬 목소리로 대답한 요네타니가 떨리는 손으로 전화를 끊었다.

"왜, 왜 그래? 무슨 일이야?"

그렇게 물으면서도 후미코는 굉장히 좋은 예감이 들었다. 그러나 요네타니의 성격상, 그 자리에서 칭찬해봐야 순순히 기뻐할 리도 없다.

"비 그쳤어. 세탁물 수거!"라고 후미코가 말하자 "……그런 것 같네요!"라고 대답한 요네티니가 한껏 신이 나서 승리 포 즈를 취했다.

푸른
번개

어젯밤, 막 잠들기 직전에 뭔가를 결심했다.

그런데 눈을 뜬 오늘 아침에는 그 결심이 무엇이었는지 기억이 나지 않았다.

정말로 잠 속에 막 빠져들기 직전이었다. 결심한 순간, 이루 말할 수 없이 편안한 기분이 들어서 그대로 잠들어버렸다.

가와세 교헤이는 매일 아침 회사가 있는 센다가야까지 자전거로 출근한다. 몸 상태가 좋은 날은 사사즈카의 집에서 30분 남짓이면 회사에 도착하지만, 도중에 가파른 언덕길도 적지 않아서 거금을 투자해 산 자이언트사의 로드바이크도 입사 4년 만에 이미 두 대째였다.

교헤이가 근무하는 회사는 작은 영화제작소로, 인터넷 광고부터 영화까지 광범위하게 취급한다. 그러나 최근 몇 년간은 어린이용 애니메이션 캐릭터 분야가 회사의 주력 사업으로 자리 잡아서 교헤이 역시 그 부서의 일원으로 하루하루 바쁜 일정에 쫓기며 지낸다.

처음 그 일을 맡았을 때는 아침 댓바람부터 다 큰 남자들이 회의실에 얼굴을 맞대고 앉아 "아무래도 모모랑 레몬이 똑같이 맞춰 신은 샌들에서 귀여운 소리가 나는 게 좋겠죠"라는 대화를 주고받는 모습이 적잖이 놀라웠지만, 그 부서로 옮긴 지 어느덧 1년이 지난 지금은 "그럼, 모모랑 레몬이 깡충깡충 뛸 때 음악을 넣는 게 좋아요"라고 적극적으로 의견도 내놓는다.

교헤이는 원래 초등학생 때부터 영상에 흥미가 많았다. 다만 그때부터 좋아했던 것은 애니메이션도 영화도 아닌 텔레비전 드라마였다. 아직 초등학생인데도 어린이용 프로그램이 아닌 본격적인 성인용 드라마, 예를 들면 불륜을 주제로 한 연속극이나 고부간의 갈등을 다룬 코미디 등등, 어찌 됐든 월요일부터 일요일 밤에 하는 NHK 대하드라마까지 시간만 나면 텔레비전을 켰고, 마음에 드는 드라마가 생기면 매주 그 방송시간이 오기만을 손꼽아 기다리곤 했다.

물론 대사 전체를 이해했던 건 아니다. 좀 더 밝히자면 연애라는 감정 자체에 무지했던 탓도 있어서, 예를 들면 한 남자를 둘러싼 두 여자의 말다툼과 전쟁물의 결투 장면을 똑같

이 받아들이며 바라봤던 것 같기도 하다.

고등학교에 들어간 무렵에는 예술영화 계통 상영관에 드나들게 되었고, 같은 취미를 가진 친구와 카메라 앵글에 관한 대화를 주고받을 때도 있었지만, 만약 어느 하나만 고르라고 한다면, 자기는 역시 텔레비전 드라마를 더 좋아하는 것 같았다.

대학은 문학부를 선택했다. 드문 일이지만 학부 필수과목에 시나리오를 배우는 수업이 있어서 고등학교 육상부를 무대로 한 이야기나 편의점을 무대로 한 작품을 써보기도 했다.

글을 쓸 때는 좋아하는 배우들을 멋대로 캐스팅하며 비교적 즐겁게 써나가긴 했지만, 담당 교수나 학과 친구들의 반응은 '재미는 있는데, 설정이 좀 진부한 느낌이 든다'는 게 대부분이었다. 어릴 때 봤던 드라마를 참고 삼아 썼으니 어쩔 수 없는 일이겠지만…….

교혜이는 집 앞에서부터 길게 뻗은 완만한 내리막길을 브레이크를 잡지 않고 미끄러져 내려갔다. 매일 아침 느끼는 거지만, 차츰 가속이 붙어가는 그 느낌이 이루 말할 수 없이 좋다. 언덕을 다 내려가 횡단보도 신호가 파란색이라 그대로 곧장 큰길을 건널 때면 막 시작한 하루가 모두 잘 풀릴 것 같은 예감도 들었다. 그러나 안타깝게도 편도 3차선인 넓은 도로를 가로지르는 횡단보도 신호가 파란색일 때는 별로 없었다.

여느 때와 마찬가지로 교헤이는 큰길에서 자전거를 멈췄다. 대형 덤프트럭이 몇 대씩이나 짐칸 포장을 휘날리며 내달렸다. 스쳐 지나간 덤프트럭 번호판 중에 아오모리 번호판 하나가 섞여 있었다.

멍하니 그 번호를 눈으로 좇고 있는데, 불현듯 지난 주말 단골 바에서 있었던 일이 뇌리에 되살아났다. 노래방 시설이 있는 것도 아니고, 희한한 칵테일을 만들어주는 곳도 아니지만, 가게 여주인의 성격이 밝고 명랑해서 카운터 자리만 열 개쯤 있는 비좁은 그 가게는 늘 손님들로 북적거렸다.

일을 다 마치고 들렀으니 이미 새벽 1시가 지난 무렵이었을 것이다. 가게에는 앞서 온 손님이 세 사람 있었다. 그중 한 사람이 전에 몇 번인가 들렀던 다른 술집 사람이라 자연스럽게 끼워주었기에 여주인을 중심으로 한 시간쯤 떠들썩하게 시간을 보냈다.

자세한 사정은 모르지만, 먼저 온 손님 세 사람 중 두 사람이 가운데 앉은 아가씨에게 은근슬쩍 작업을 거는 것 같았다. 그렇다고 해서 티 나게 유혹하는 것도 아니고, 음침하게 대결하는 분위기도 아니라서, 같이 있어도 불편하지는 않았다.

흔히 주고받는 세상 사는 얘기에 각자의 푸념이 조금씩 곁

들여져서, 결국은 모두 크게 웃으며 다음 화제로 넘어가는 분위기였다. 소주를 몇 잔인가 마셨을 무렵, "그건 그렇고, 좋아하는 사람 없어?"라며 여주인이 가운데 앉은 아가씨에게 난데없는 질문을 던졌다.

"없는 건 아니에요."

양쪽에 앉아 있던 남자들이 한순간 침묵했다. 둘 다 '설마 난 아니겠지?'라고 묻고 싶을 테지만, 체면상 대놓고 그런 말을 내뱉을 수도 없는 노릇일 것이다. 여주인도 이미 그런 상황을 노리며 놀려댔으니 이야기는 결국 다른 쪽으로 흘러갔다.

좋아하는 사람이 없는 건 아닌 듯한 그 아가씨는 아키타 출신인 것 같았다. 요즘에야 아키타라고 해서 도쿄 사람이랑 말씨가 다른 것도 아니지만, 인상이란 참으로 신기해서 "집 주변이 온통 밭이에요"라고 말한 순간, 카시스 소다인지 뭔지 하는 칵테일을 마시고 있던 그 아가씨가 갑자기 순박해 보였다.

"교헤이가 좋아했던 아가씨는 아오모리였나? 그쪽도 꽤 시골에 사는 아가씨였는데……"

여주인의 말에 반년 전쯤의 일이 되살아났지만, 떠들썩한 바에서 감상에 젖어들 수도 없는 노릇이었다.

"맞아요. 괜히 안 좋은 기억 떠올리게 하지 마세요."

"차였지?"

"그래요, 차였어요."

"난 교헤이가 그 아가씨를 만나러 갔던 얘기가 꽤 좋았는데."

딱히 재미난 이야기도 아니다. 좋아했던 아가씨가 무작정 보고 싶어져서 비행기를 타고 만나러 갔을 뿐이다.

그 아가씨는 친구 권유로 오랜만에 놀러 간 클럽 이벤트에서 알게 되었다. 첫눈에 반했다고 할 수 있는데, 그 시끄러운 공간의 소리가 한순간 완전히 사라져버리는 느낌이었다.

상대의 친구까지 포함해서 몇 시간을 같이 보냈다. 도쿄에 다시 놀러 올 일이 있으면 연락하라고 전화번호도 주고받았다. 그러나 나중에 몇 번인가 전화 통화를 해봤지만, 대화에 별 활기는 없었다. 느닷없이 비행기에 올라 어렴풋이 들었던, 그 아가씨가 살고 있다는 마을로 향했다. 아오모리까지 왔다고 하면, 상황이 조금은 변할지도 모른다는 생각이었다. 그러나 막상 멀리 산이 보이고 온통 밭이 펼쳐진 풍경 속에 우두커니 서 있자니 정말로 그저 막연하지만, '그 애는 정말 도쿄에 놀러 왔던 것뿐이구나' 하는 생각이 들었다. 결국 전화도 하지 않고 그대로 도쿄로 돌아왔다.

여동생이 둘이나 있는 영향도 있어서 교헤이는 어릴 때부터 거친 구석이 없는 사내아이였다. 공부도 그럭저럭 했고 운동신경도 나름 있어서 여자애들한테도 비교적 인기가 있었

던 것 같다. 밸런타인데이 초콜릿도 "설마 가게에서 훔쳐 온
건 아니겠지?" 하고 어머니가 놀랄 만큼 받아본 적도 있다.

희망하던 대학에 진학했고 애인도 생겼다. 솔직히 말하면,
이대로 자기가 원하는 대로 인생이 원만하게 풀려갈 거라는
생각도 어렴풋이 들었던 것 같다. 물론 그렇다고 해서 거만하
게 행동했던 것도 아니다. 다만 노력한 만큼 보상받는다고 순
순히 믿었던 것 같다.

엄정한 심사 결과, 안타깝지만 채용이 보류되었음을 통지합
니다. 귀하의 입사 희망에 따르지 못했습니다만, 모쪼록 널
리 양해해주시기 바랍니다.

대학 시절, 입사할 직장은 텔레비전 방송국으로 이미 정해
놓았다. 그리고 목표를 이루기 위한 노력도 아끼지 않았다. 텔
레비전 방송국에 들어가 드라마와 관련된 일을 하고 싶었다.

1차, 2차, 3차까지 시험이나 면접은 순조로웠다. 사장과는
〈절창(絶唱)〉이라는 왕년 드라마 얘기도 활기 있게 나눴다.
분명 확실한 반응이 있었다.

최종 시험인 사장 면접까지 올라갔으니 그 정도 선에서 만
족해야 할지도 모르지만, 오히려 거기까지 올라갔다 떨어지

면 추락의 낭떠러지는 이루 말할 수 없이 깊다. 그리고 지금까지도 문득문득 불합격 통지서의 글귀가 떠오를 때가 있다.

회사로 향하는 좁은 골목은 가파른 오르막길이다. 이 계절에는 언덕길까지 오는 동안 땀을 꽤 많이 흘린다. 물론 회사에 도착하면 갈아입을 옷이 있으니 괜찮지만, 이마에서 흐른 땀은 목덜미를 타고 가슴팍으로 주르륵 흘러내렸다.

손목시계를 보니 오늘 아침은 30분 만에 도착했다. 횡단보도 신호가 잘 들어맞은 이유도 있겠지만, 요 며칠 계속 비가 와서 버스로 출근했기 때문에 힘이 남아돈 덕분인지도 모르겠다.

언덕길을 다 올라선 후, 크게 한 번 심호흡을 했다. 천천히 숨을 내쉬는 순간, 교헤이는 퍼뜩 생각이 떠올랐다. 어젯밤 잠들기 직전에 한 결심이었다.

그런데 막상 생각을 떠올리고 보니 별 대단한 것도 아니었다.

'전부터 흥미 있었던 트라이애슬론에 본격적으로 도전해 보자.'

고작 그런 결정을 한 것뿐이었다. 어젯밤 막 잠들기 직전에.

교헤이는 자전거에서 내려 다시 한 번 심호흡을 했다. 도심이긴 하지만, 맑게 갠 이른 아침의 공기는 왠지 모르게 서늘하고 기분 좋았다.

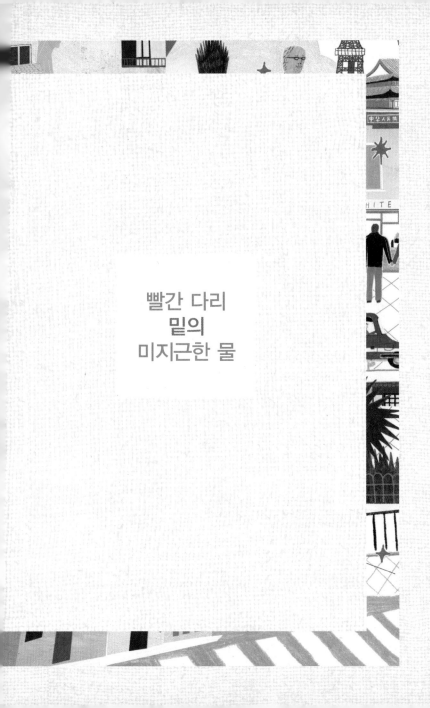

빨간 다리
밑의
미지근한 물

장미 화분에 빨간 벌레가 꼬였다.

하얀 꽃잎이 빨갛게 보일 정도라서 별 생각 없이 손으로 만지려 했던 쓰쓰미 게이코는 나지막이 비명을 질렀다.

화분은 얼마 전 일요일에 남편이 산책을 나갔다 불쑥 사 들고 온 것인데, 남편은 이 빨간 벌레를 알아챘을까.

그건 그렇고, 평소에는 꽃을 사오기는커녕 게이코가 이따 금 집에 꽃을 장식해도 못 알아채던 남편이 꽃을 들고 들어 와서 적잖이 놀랐었다.

"별일이네……."

화분을 안고 들어온 남편을 바라보며 게이코가 말했다. 그 것 말고는 떠오르는 말이 전혀 없었다.

"어디서 샀어?"

"으음, 그 왜…… 슈퍼마켓 옆에 있잖아."

"어머, 그 집 아직도 영업하는구나. 벌써 망한 줄 알았는데."

꽃집이라기보다는 꽃집 창고 같은 곳이었다. 게이코 부부가 이 마을로 이사 왔을 무렵에는 젊은 아가씨가 가게에 나와 있고, 날마다 아름다운 꽃들로 가게 앞을 장식했다. 그런데 언제부터인지, 어느 날 문득 보니 간판에는 불도 켜져 있지 않고, 아름다운 꽃들이 늘어섰던 가게 앞에는 파는 건지 그냥 놔둔 건지도 구분할 수 없는 조그만 비닐 화분 묘목들만 대량으로 놓여 있었다.

"장미?"

화분을 들고 베란다로 나가는 남편 등에 대고 게이코가 물었다.

"그래, 장미야. ……이거 햇볕에 내놔도 괜찮나?"

"괜찮겠지. 물만 충분히 주면."

"아 참. 물 줘야지, 물."

남편은 별로 넓지도 않은 베란다 바닥에 화분을 내려놓고, 방향을 두세 번 바꾸며 자리를 잡더니 안으로 들어왔다.

부엌으로 향한 남편은 유리잔에 물을 담아 베란다로 들고 갔다. 주전자를 쓰면 한 번에 끝날 테지만, 물을 엎지르지 않으려고 조심조심 걸어가는 남편을 바라보고 있자니 그 말을 꺼내기가 망설여졌다.

남편을 만난 것은 7년 전이었다. 그 당시 게이코는 수입 식자재를 취급하는 무역회사에서 영업 일을 하고 있었고, 그는 거래처 백화점의 담당자였다.

지금 생각해봐도 첫눈에 그에게 호감을 품었던 건 아니다. 아마 그 역시 결코 적지 않은 거래처 영업사원 중 한 사람으로 게이코를 대했을 것이다.

물론 진열 공간을 넓히기 위해서나 주최 행사 규모를 확대하기 위해 아부를 하려고 게이코 쪽에서 그를 식사에 초대하는 일은 많았다. 그러나 그는 다른 거래처 담당자들과는 달리, 그런 자리에서도 이쪽의 약점을 이용하려 드는 면이 없었고, 없으면 없는 대로 '나 같은 사람한테는 아예 흥미조차 없구나'라는 생각이 든 기억도 있다. 그렇다 보니 '조금은 흥미를 가져줘도 좋을 텐데'라고 생각한 적도 있었을지 모른다.

아무튼 같이 있으면 싫은 느낌이 드는 사람은 아니었다. 회의라고 이름 붙인 술자리 모임에서도 왜 그런지 그가 참가하는 회식만은 속으로 은근히 기대했던 것 같기도 하다.

그럭저럭 3년이 지난 무렵이었던 것 같은데, 여느 때와 다름없이 일 이야기를 나누며 식사를 마친 후, 게이코가 늘 하던 대로 "2차 가시겠어요?"라고 권하자, 그가 웬일로 거절한 적이 있었다.

"가고 싶긴 한데, 죄송합니다. 오늘 밤은 좀……."

무슨 볼일이라도 있겠지 싶어서 별로 깊게 생각하지도 않고 "그럼, 다음 기회에 하죠"라고 인사를 나눈 후 지하철역에서 헤어졌다. 그렇지만 왠지 술이 좀 부족하다 싶었던 게이코는 혼자서 단골 바로 향했다. 그런데 어찌 된 영문인지 방금 헤어진 그 남자가 지하철역 편의점에서 잡지를 들척이고 있었다.

거절하는 모습이 어딘지 모르게 다급해 보여서 틀림없이 곧장 역으로 뛰어들어 벌써 어딘가로 갔을 거라고 믿었던 탓인지, 게이코는 봐서는 안 될 것을 봐버린 기분이었다. 그녀는 엉겁결에 부랴부랴 도망치듯 그 자리를 떠났다.

곧이어 뒤쫓아 오는 그의 발자국소리가 들려왔다. 뒤에서 부르는 소리에 게이코가 돌아보자, "왜 도망가요?"라며 그가 웃었다.

"어?" 게이코가 애써 시치미를 떼봤지만, "'어?'라뇨……. 방금 유리창 너머로 눈이 마주쳤잖아요. 분명히 2초 이상 마주쳤는데"라며 그가 점점 더 활짝 웃었다.

아무래도 몰랐다고 대꾸하는 건 어른스럽지 않은 듯해서 게이코도 "죄송해요……" 하고 순순히 항복했다.

"3년이나 같이 산 사람이랑 헤어진 지 얼마 안 됐어요. 그래서 술을 더 마시면 미련 때문에 푸념만 늘어놓을 것 같아서……."

결국 그 후 둘이 같이 들어간 바에서 그는 띄엄띄엄 그런 이야기를 들려주었다.

"차였군요"라며 게이코가 웃자, "차이면 후련할 줄 알았는데"라며 그도 웃었다.

"3년이면 우리 상품을 취급하기 시작한 때랑 같은 시기네요."

"아, 정말 그러네."

"3년간 같이 산 애인 얘기를 3년간 거래한 영업사원에게 털어놓는다. 이것도 무슨 인연일지 모르죠."

정말로 가슴 깊이 억눌러온 일들이 아주 많았던 모양이다. 그날 밤 그는 말을 많이 했고, 무척이나 성실한 넋두리를 잇달아 풀어놓았다.

게이코는 멍하니 그의 얘기를 들으면서 '처음이구나……'라는 생각이 들었다. 물론 업무상으로 3년 넘게 만나온 사이이긴 하지만, 그가 어떤 집에서 살고, 휴일에는 무슨 일을 하고, 어떤 일을 당하면 화가 나고, 어떤 말을 들으면 평생 잊지 못하는지…… 게이코는 그날 밤 처음으로 안 것 같은 기분이 들었다.

게이코는 아직도 그 사람 자체를 좋아하게 된 건지, 어떤 사람과 3년간이나 같이 살아온 그를 좋아하게 된 건지 헷갈릴 때가 있다.

물론 지금은 연애를 거쳐 결혼까지 했으니, 다른 여성과 같이 살았던 그가 아니라 그 사람 자체를 사랑하는 게 틀림없다. 그런데도 이따금 자기가 좋아하게 된 그가 그날 밤 열기를 띠며 얘기했던 그와 똑같은 사람일까 하는 생각에 문득문득 불안해질 때도 있다.

아마 두 달 전쯤일까. 학창시절부터 친했던 친구와 오랜만에 이즈로 온천여행을 떠났는데, 보드라운 온천물과 맛 좋은 술에 긴장이 풀렸는지 자기도 모르게 불쑥 그런 이야기를 털어놓고 있었다.

"혹시 네 남편이 전에 사귄 애인의 존재가 신경 쓰여서 그러니?"

친구 입에서 흘러나온 것은 그런 말이었다.

"어?"

솔직히 소리를 내며 웃어버릴 정도로 뜻밖이었다.

"지금 얘기는 그런 뜻이잖아?"

"아니야. 말도 안 돼……."

"말도 안 되긴……."

그날 밤 친구에게는 명확하게 대답할 수 없었지만, 그가 예전에 사귄 사람과 자기 자신을 비교하는 게 아니라, 그 사람과 함께 있었던 때의 그와 자기와 함께 있는 그를 비교하는 것뿐이다.

게다가 그에게는 어느 쪽이 더 행복할까 하는 감상적인 생각을 하는 것도 아니었고, 자기와 함께하는 것보다 그 사람과 함께하는 게 더 좋지 않았을까 하는 생각을 하는 것도 아니다.

다만 왠지 자기와 이렇게 되지 않았을지도 모르는 그의 존재를 잊어서는 안 될 것 같은 기분을 떨쳐낼 수 없는 것이다. 그리고 이렇게 되지 않았을지도 모르는 자기 자신에 관해서도.

게이코는 베란다에 놓인 장미 화분에서 발견한 빨갛고 작은 벌레 떼를 꽤 오랫동안 바라보았다.

하얀 꽃잎 위를 기어 다니는 작은 벌레 때문에 꽃잎의 모양이 시시각각 변했다. 퍼뜩 제정신을 차린 게이코는 서둘러 방으로 들어가 컴퓨터를 열었다. 순간, 이메일 수신을 알리는 소리가 울렸다.

메일함을 열자, 업무 관련 메일 몇 개가 들어 있었다. 보낸 사람과 제목을 보니 딱히 서두를 필요는 없을 것 같아서 뒤로 미루고 빨간 벌레에 관해 조사해보았다.

그러나 막상 조사하려 해도 이름도 모르는 벌레를 어떻게 조사해야 할지 막막했다.

"빨간 벌레, 작은, 베란다 화분."

머릿속에 떠오르는 대로 검색어를 입력했다. 검색된 항목이 주르륵 늘어섰다. 대강 휙 훑어보니 아무래도 진드기의 일종인 듯한데, 사람에게는 해가 없다는 사실을 알아냈다.

'구제(驅除)'라는 단어를 덧붙여서 검색해보았다.

효과가 좋은 살충제, 똑같은 피해를 입은 사람들의 홈페이지와 블로그들이 주르륵 떴다.

'보통 살충제를 써도 되는구나'라며 태평하게 바라보던 게이코의 손가락이 문득 멈췄다.

"어울리지도 않게 장미를 사 들고 들어갔다. 외도에 대한 속죄도 아니면서."

누군가가 쓴 블로그의 문장이 눈으로 파고들었다.

살충제라면 어딘가에 남아 있을 거라며 막 일어서던 참이었지만, 곧바로 생각을 고쳐먹고 의자에 다시 앉았다.

……아마도 남편은 이미 이 빨간 벌레를 알아챘을 것이다.

게이코는 마음을 가라앉히듯 심호흡을 한 번 하고 나서 천천히 컴퓨터를 닫았다.

짖는 개는
물지
않는다

가이드북에는 "정상까지는 케이블카가 편리!"라고 쓰여 있었다.

　명동 일대의 정체된 길을 빠져나간 택시는 가파른 언덕길을 올라가기 시작했다. 앞 유리창 너머로 녹음이 짙어졌다. 운전기사가 핸들을 꺾을 때마다 산꼭대기에 치솟은 서울타워가 나타났다 사라졌다 했다.

　호텔에서 탄 택시 운전기사는 매우 친절한 사람이었다. 물론 말이 통하지는 않았지만, 목적지를 밝혔을 때 맞장구를 치는 모습이나 정중한 운전으로 짐작하건대 왠지 친절한 사람일 거라는 느낌이 전해졌다.

　한동안 가파른 언덕길을 따라 산 중턱까지 올라가자, 갑자기 시야가 탁 트였다. 차창 밖으로 서울 시내가 한눈에 내려다보였다. 큰 모퉁이를 이용한 주차장이 나왔고, 그곳은 관광버스와 승용차로 거의 꽉 차 있었다. 케이블카 승차장인 듯했다.

택시가 주차장 입구에서 멈췄다.

"케이블카?"라고 후지 리카가 물었다.

운전기사가 웃는 얼굴로 고개를 끄덕였다.

바로 그때 주차장 경비원처럼 보이는 남자가 택시로 다가
왔다. 운전기사에게 말을 건네며 무슨 얘기를 주고받았다. 대
화 내용은 전혀 알 수 없었지만, 운전기사가 곤란한 표정을
지었다. 이따금 곤혹스러운 표정으로 리카를 돌아보았다. 무
슨 말인지 이해할 수 없어서 리카도 어떻게 해야 좋을지 몰
랐다.

경비원이 자리를 떠나자, 운전기사는 여전히 곤혹스러운
표정으로 '여기 안 돼. 위로 올라갈래요?'라는 제스처를 해 보
였다.

"여기 안 돼?"라며 리카도 똑같은 제스처를 하자, "응" 하며
난처한 듯 고개를 끄덕였다. 그러나 여기가 왜 안 되는지 그
이유를 알 수 없었다.

그때 일본어가 들렸다. 그쪽으로 시선을 돌리자 활기 넘치
는 아주머니들이 오사카 사투리로 얘기를 나누고 있었다.

"이게 무슨 강풍이여? 이 정도로 케이블카가 멈추면 어쩌
자는 거여."

"누가 아니랴, 참말 근성도 없구먼."

"할 수 없잖여. 이왕 왔으니 사진이나 찍지, 뭐."

"뭐여? 안 올라가?"

"어떻게 올라가. 걸어가야 한다며? 아이고, 난 지쳐서 더는 못 가겄네."

리카는 아주머니들 덕분에 간신히 상황을 파악할 수 있었다.

다시 운전기사 쪽으로 고개를 돌리자 '올라갈래요?'라는 제스처를 했다. 정상까지는 무리지만, 자동차로 조금 더 올라갈 수 있는 모양이다. 리카는 "네" 하고 고개를 끄덕였다.

갑자기 마음이 내켜서 주말에 2박 3일 서울 여행을 계획한 것은 불과 일주일 전이었다.

요즘은 한국 붐이라 비행기 표도 없고 호텔도 만실이겠거니 하며 절반쯤 포기하고 준비했는데, 뜻밖에 비행기 표도 호텔도 손쉽게 예약할 수 있었다.

솔직히 어이가 없을 정도로 쉽게 풀렸다.

리카에게는 7년 동안 사귄 사람이 있었다. 도쿄와 후쿠오카. 전형적인 장거리 연애였다.

장거리 연애에 규칙이 있는지 없는지는 잘 모르지만, 리카 커플은 서로를 방문하기보다는 휴일에 맞춰 여행을 떠나는 일이 많았다. 설명을 덧붙이자면, 서울도 둘이서 두세 번 놀러 온 적이 있다.

물론 몇 번인가 결혼 이야기도 나왔다. 그러나 리카가 그런 마음이 들었을 때는 상대가 바빴고, 상대가 말을 꺼냈을 때는 웬일인지 리카가 일요일도 못 쉬고 일에 매달리는 상황이었다.

"결혼은 타이밍이잖아. 급할 거야 없지."

서로 그런 말을 예사롭게 주고받았다. 반대로 얘기하면, 그 타이밍은 언젠가 반드시 찾아올 거라 믿어 의심치 않았다.

두 사람은 대학 시절에 같은 학과 학생이었다. 굳이 나누자면 리카는 진취적이며 적극적인 성격이었고, 그는 느긋한 편이었다.

"너희가 사귀는 모습을 보면, 사실은 한 바퀴 늦은 건데 어쨌거나 나란히 함께 뛰는 느낌이야."

역시나 학창시절부터 리카의 친한 친구였던 미호가 자주 그런 말을 하곤 했다. 당연히 한 바퀴 더 뛴 사람은 리카 쪽이었다.

"우리가 그런가?"

"그래서 장거리 연애에 잘 맞는다는 뜻이야."

"왜?"

"그야 계속 붙어 있으면 그 사람은 늘 초조할 테고, 넌 안달이 날 거 아니니? 그러니까 가끔씩 만나서 나란히 뛰는 정도가 딱 좋겠지."

사실 두 사람의 장거리 연애는 원만하게 진행되었다. 리카는 지금도 그렇게 믿는다.

못 만나는 기간이 길어질수록 그에게 하고 싶은 이야기도 쌓여갔고, 만났을 때 감정도 고조되었다.

양가 부모가 '빨리 결혼하라'는 잔소리를 안 했던 것은 아니지만, 그래도 부모님들 역시 언젠가는 결혼할 거라고 확신했는지, 목소리 톤도 어딘지 모르게 여유로웠다. 다시 말해 양가 부모님까지도 완전히 안심할 만큼 두 사람의 교제는 순조로웠다.

"……좋아하는 사람이 생겼어."

난데없이 그가 리카에게 그런 말을 꺼낸 것은 불과 두 달쯤 전이었다.

그는 도쿄로 출장 와서 신바시의 호텔에 묵고 있었다. 늘 그렇듯이 리카는 일을 마치고 그 호텔로 향했다. 그가 만나자고 한 장소는 호텔 로비였다. 여느 때와 다름없이 보나마나 어딘가 식사라도 하러 가겠거니 생각했다.

"어?"

리카는 그 말밖에 나오지 않았다.

"……미안해."

"아, 아무튼 뭐 좀 먹으러 가자. 나 배고파."

얼렁뚱땅 넘기려 했던 목소리가 차츰 잦아든 까닭은 그의 눈이 촉촉이 젖어 있었기 때문일 것이다.

상대는 어떤 사람일까, 어떻게 알게 됐을까, 자기랑 그녀를 어떻게 비교했고, 왜 그녀를 선택했을까.

묻고 싶은 말은 산더미 같았다. 대답해주면 설득할 수 있을 거라 믿었다. 그러나 그는 리카의 질문에 전혀 대답하지 않았고, 오로지 미안하다는 말만 되풀이했다.

리카의 질문에 제대로 대답해주는 남자였다면 포기할 수 있었을 거라는 생각이 든다. 결과적으로 헤어지게 되더라도 상대에게 상처가 되지 않게 헤어져 주는, 그런 약삭빠른 남자였다면 리카도 결단이 섰을 것이다.

정말로 천천히 사귀어왔는데, 이별만은 너무도 갑작스러웠다. 교제 방식을 그의 페이스에 맞춘 탓에 이별은 리카의 페이스가 되어버렸는지도 모른다.

서로 일이 바빠서 한 달쯤 못 만나도 아무렇지 않았다. 그러나 아무렇지 않았던 것은 자기 혼자뿐이었을지도 모른다. 그 사람 혼자서 줄곧 뭔가를 참아왔을지 모른다.

그가 그 사람과 결혼할 것 같다는 소문을 들은 것은 2주쯤 전이다.

7년이나 사귄 사람이 헤어진 지 석 달 만에 다른 사람과 결혼하는 셈이다. 세간에서 흔히 듣던 얘기이긴 하지만, 막상 자기 일로 닥치고 보니 7년이라는 세월을 누군가에게 빼앗겨버린 듯한 상실감만 남았다.

억울하다는 게 아니다. 그저 멍해졌다.

슬프다는 게 아니다. 그저 어리둥절했다.

택시는 등산로 입구처럼 보이는 문 앞에 멈췄다.

산꼭대기의 서울타워는 가까워 보이기도 하고 여전히 멀어 보이기도 했다. 그 앞은 노선버스밖에 못 들어간다고 운전기사가 짤막한 영어로 가르쳐주었다. 리카는 운전기사에게 인사를 하고 차에서 내렸다.

가파른 등산로를 젊은 연인과 단체 관광객들이 천천히 올라갔다.

리카는 걸음을 내딛자마자, 앞에서 걸어가는 젊은 연인에게 "서울타워까지 얼마나 걸리나요?"라고 짧은 영어로 물었다.

남자가 "20분 정도"라고 대답했고, 여자가 정정하듯 "45분은 걸려요"라고 고쳐 말했다.

두 사람의 대답을 들은 리카는 순간 포기할까 싶었다. 그런

데 여자가 "그렇지만 타워까지 가면 내려올 때는 버스를 탈 수 있어요"라고 가르쳐주었고, 남자가 "아름다운 경치도 볼 수 있어요"라고 뒷말을 덧붙였다.

리카는 천천히 산길을 걸어가기 시작했다. 그곳이 서울 시내 중심이라는 게 믿기지 않을 정도로 산의 공기는 맑았고 서늘한 바람도 상쾌했다.

가파른 산길을 한동안 오르자, 산꼭대기의 타워가 가까워졌다. 나무 그늘 아래로 걸어와서 그런지 새파란 하늘에 치솟은 타워가 눈부셨다.

리카는 가파른 언덕길을 한 발짝씩 내딛으며 내게는 무엇이 부족했을까 하는 생각을 해봤다. 분명 뭔가가 부족했을 것이다. 그렇지만 부족한 그 무언가를 무리하게 채운다고 해서 그것이 과연 본래의 내 모습일까 하는 생각도 들었다.

걸어갈수록 산꼭대기의 타워가 가까워졌다. 바로 그때 개 한 마리가 리카를 앞질러 갔다. 목줄이 있는 것으로 보아 누가 키우는 개일 테지만, 뒤를 돌아봐도 주인처럼 보이는 사람이 없었다. 앞지른 개가 조금 위에서 멈춰 섰다. 그리고 리카가 가까이 다가가자, 또다시 조금 위로 뛰어오르더니 리카를 기다렸다.

주위에 아무도 없어서 "날 기다려주는 거니?" 하고 리카가

말을 건넸다. 여행지에서 불쑥 내뱉은 목소리는 예상했던 것
보다 활기가 있었다.

버찌 맛

평소에는 점 같은 건 안 믿는다. 안 믿다뿐인가, 별자리를 물어보면 곧바로 대답하지 못할 때도 많다.

　황금연휴 첫날, 오카다 쇼타는 멍하니 컴퓨터를 바라보고 있었다. 여느 때와 다름없이 호기심이 가는 야후 뉴스 기사를 몇 개쯤 훑어보고, 이번 달 신용카드 결제액을 확인했다.

　평소 같으면 그러고 나서 재미있는 영화라도 하나 검색하겠지만, 문득 화면 위쪽에 있는 '무료 운세'라는 글자가 눈에 띄었다.

　열어보니 별자리, 연애운, 타로 등등 다양한 항목들이 늘어서 있었다. 망설임 없이 연애운을 선택했다.

　당신의 별자리는? '사자자리'

　그 사람의 별자리는?

　어젯밤에 회사 동료와 함께 식사를 하러 갔다. 남자 둘이서

만 가기도 뭣하다며 동료가 대학시절 여자친구를 불러냈다. 그 여자친구가 데리고 나온 사람이 오노다 우메요라는 꽤나 고풍스러운 이름을 가진 여자였다.

같은 또래이기도 해서 즐겁게 식사를 마친 후, 가까운 바로 향했다. 동료와 그의 여자친구가 옛 추억들을 얘기하기 시작했을 무렵, "실은 내일 친구랑 홋카이도에 가요"라고 우메요 씨가 말했다.

"홋카이도?"

"후라노라는 곳인데, 가본 적 있어요?"

"아니, 없는데. 그렇지만 흥미는 있어요."

얘기를 들어보니 여행 장소는 우메요 씨가 아니라 같이 가는 친구가 정한 듯했다. 우메요 씨는 후라노보다는 오키나와 주변 바닷가에서 느긋하게 쉬고 싶었던 모양이다.

둘 다 후라노에 관한 지식이 없어서 이야기는 그대로 끊어졌다.

"후라노는 어떻게 가죠?"

"하네다 공항에서 삿포로까지 가고, 거기서 전차로 두 시간쯤 걸린대요."

"아하."

대화가 자꾸 끊어지자, 우메요 씨가 내일 몇 시 몇 분 비행기로 하네다를 출발해서 몇 시 몇 분에 삿포로에 도착하는지까지 상세하게 가르쳐주었다.

후라노 얘기 다음에 우메요 씨가 물어본 것이 별자리였다. 순간적으로 기억이 안 나서 머뭇거리자, 우메요 씨가 "신기하네요, 자기 별자리를 기억하지 못하다니" 하고 웃으며 어깨를 가볍게 툭 쳤다. 그 몸짓에 깊은 의미가 없다는 건 알지만, 왜 그런지 어깨에 그녀의 감촉이 한동안 남았다.

딱히 어깨를 맞아서 생각난 건 아니지만, 쇼타는 "난 사자자리예요"라며 기억을 떠올렸다.

"사자자리구나. 참고로 난 물고기자리예요."

"물고기자리……."

자기 별자리도 기억하지 못할 정도였으니 상대의 별자리를 들었다고 해서 대화에 활기가 넘칠 리도 없었다. 게다가 우메요 씨 역시 질문은 했지만, 별자리에 관해 잘 아는 것 같지도 않았다.

"사자자리는 어떤 성격일까요?"

"글쎄요, 사람에 따라 다르지 않을까요?"

"그야 그렇겠죠."

"그럼 물고기자리는?"

"물고기자리도 사람에 따라 다르겠죠."

그쯤에서 둘이 함께 소리 높여 웃고 말았다.

"그럼, 궁극적으로 후라노나 별자리 중 어느 한쪽 얘기만 선택해야 한다면, 어느 쪽이 좋아요?"

우메요 씨가 웃으면서 물었다.

"와, 빡빡하네. 세 번째 선택지는 없고?"

"없어요."

옆에서 보기에는 한창 신나게 대화를 나누는 것 같았는지, 동료와 그의 여자친구가 "꽤 즐거워 보이네" 하며 놀렸다.

2차를 하러 간다는 동료와 그의 여자친구와 헤어진 쇼타는 우메요 씨와 함께 지하철역으로 향했다. "우리도 한잔 더 할까요?"라고 말하고 싶었지만, 가게에서 나올 때 "이제 들어가서 여행 준비 해야겠네"라고 했던 그녀의 말이 마음에 걸렸다.

지하철역에서 헤어질 때, "나중에 식사라도 해요"라고 쇼타가 말을 건넸다.

"그럼, 다음번 만남을 위해서 후라노에 관해 많이 조사해올게요"라고 우메요 씨가 말하기에 "그럼 나도 그때까지 별자리 공부 좀 해두죠" 하고 쇼타가 대답했다.

서로 이메일 주소를 교환하고 헤어졌다. 에스컬레이터를 타고 내려가는 그녀가 손을 흔들어서 쇼타도 막 손을 들려는 순간, 그녀의 모습이 시야에서 사라져버렸다.

그 사람의 별자리는?

쇼타는 한동안 물끄러미 바라보던 화면에 '물고기자리'라고 입력했다.

오늘의 애정 지수는…… 92점. 오늘은 두 사람의 마음이 서로에게 가까이 다가섭니다. 상대도 당신도 행복한 일체감으로 가득합니다. 부정적인 얘기는 안 돼요. 모처럼 맞은 즐거운 시간이 엉망이 되어버릴 수도 있으니까.

마지막까지 읽은 쇼타는 씁쓸한 미소를 머금었다. 두 사람의 마음이 서로에게 다가서든 어떻든 정작 중요한 상대는 후라노로 향하고 있다.

왠지 어리석은 생각이 들어서 쇼타는 컴퓨터 앞을 떠났다. 아침부터 아무것도 먹지 않은 터라 역 앞 식당으로 향했다.

여전히 땀이 배어 나오는 날씨였지만, 이따금 스쳐 지나는 바람은 어딘지 모르게 서늘했다. 문득 하늘을 올려다보니 청명한 가을 하늘이었다.

쇼타는 주머니에서 휴대전화를 꺼내 사진 한 장을 찍었다. 자전거를 타고 지나가던 소녀가 아무것도 없는 하늘을 촬영하는 쇼타를 신기한 듯 바라보았다.

시간이 어중간해서 그런지 식당은 휑하니 비어 있었다. 고등어구이 정식을 주문하고, 카운터 진열대에서 고기감자조림 그릇을 식탁으로 들고 왔다.

벽시계를 보니 2시를 지나고 있었다. 불현듯 어젯밤에 우메요 씨가 가르쳐준 비행 스케줄이 떠올랐다.

13:00 출발, 14:35 지토세 공항 도착

지금쯤 하늘 위에 있을 거라 생각하니 조금 전에 휴대전화로 찍은 하늘이 떠올랐다.

쇼타는 휴대전화를 꺼내 항공사 홈페이지를 열었다. 시작 페이지에 '운항 정보'라고 적힌 항목이 있었다. 날짜, 오늘. 출발지, 하네다. 도착지, 지토세.

순서대로 입력하고 검색하자, 하네다와 지토세를 오가는 비행기들이 주르륵 늘어섰다.

13:00 출발 편을 찾아보니 5분 늦게 '출발 완료'라고 나왔다. 그녀를 태운 비행기는 무사히 출발한 모양이다. 왠지 자기도 그 비행기에 타고 있는 기분이 들었다. 예정대로라면 앞으로 30분쯤 후에 그녀는 지토세 공항에 도착할 것이다. 쇼타는 일본 지도를 떠올렸다. 그리고 도쿄에서 홋카이도까지 곧장 이어지는 선을 그려보았다.

그쯤에서 고등어구이 정식이 나왔다. 여느 때와 마찬가지로 무즙이 푸짐하게 곁들여져 있었다. 쇼타는 젓가락을 들고 미역국을 휘휘 저었다.

벽시계를 바라보았다. 우메요 씨가 탄 비행기가 앞으로 10분 후면 도착할 것이다.

'92점. 오늘은 두 사람의 마음이 서로에게 가까이 다가섭니다.'

운세의 글귀가 떠올랐다.

쇼타는 젓가락을 내려놓고 다시 휴대전화를 열었다. 어젯밤 주고받은 그녀의 이메일 주소가 거기에 저장되어 있었다.

쇼타는 한동안 고민하다 이메일을 쓰기 시작했다.

"안녕하세요. 오카다 쇼타입니다. 어제는 즐거웠습니다. 이 메일은 틀림없이 홋카이도에서 보겠군요. 돌아오면 여행 얘기 들려주세요. 그리고 별자리 공부도 시작했습니다. 참고로 오늘 사자자리와 물고기자리는 92점인가 봅니다. 그럼 또!"

보내기 버튼을 누르고, 금세 후회했다. 마지막 92점 부분이 왠지 너무 밀어붙이는 듯한 기분이 들었지만, 이미 늦었다.

후회를 떨쳐버리듯 쇼타는 황급히 밥을 집어삼켰다. 부드러운 고등어 살에 간장을 듬뿍 뿌린 무즙을 올리고 볼이 미어져라 욱여넣었다.

배가 많이 고프기는 했지만, 정말 눈 깜짝할 사이에 그릇이 비어버렸다. 차를 마시고 뒷주머니에서 지갑을 꺼내려는데, 주인아주머니가 작은 그릇에 수북이 담은 버찌를 내왔다.

"제철은 아니지만 맛있는 걸 받았으니 괜찮으면 맛이나 좀 봐요."

단골이긴 해도 이런 서비스는 처음이었다. 아주머니에게 감사 인사를 하고 한 개를 집어 입안에 넣자 달고 맛이 좋았다.

배가 꽉 찼는데도 결국 버찌까지 다 먹어치웠다. 가게에서 나오기 전에 쇼타는 다시 한 번 휴대전화를 열었다. 우메요 씨한테서 혹시 답장이 왔을까 살짝 기대했지만, 안타깝게도 수신된 메일은 없었다. 내친김에 항공사 운항 정보를 다시 조사해보았다.

14:41 도착 완료.

그녀가 탄 비행기는 지토세 공항에 무사히 도착했다. 왠지 자기도 어딘가에 도착한 기분이 들었다.

활주로로 천천히 나아가는 기체가 보였다. 기체가 정지하고, 안전벨트 착용 신호가 꺼졌다. 문이 열리길 기다리며 통로에 늘어선 승객들. 그 사이에 우메요 씨의 모습도 보였다.

그녀는 사흘 밤을 묵을 짐을 끌어안고 이미 비행기에서 내렸을까. 출구로 향하면서 휴대전화를 열었을까. 메일이 와 있는 걸 알아차리고 곧바로 답장해줄까. 아니면 이제 막 도착했으니 답장은 나중으로 미룰까.

쇼타는 가게 아주머니에게 다시 한 번 감사 인사를 하고
밖으로 나왔다. 밖으로 나온 순간, 주머니 속에서 이메일 수
신을 알리는 소리가 울렸다.

Yoshida Shuichi
에세이

라볼, 프랑스

파리에서 TGV로 세 시간. 라볼(La Baule)은 프랑스의 서쪽, 대서양에 인접한 고급 비치리조트다. 프랑스 안에서는 모르는 사람이 없을 만큼 오래전부터 유명한 피서지로, 일본으로 치면 가마쿠라나 하야마 같은 곳인 듯하다.

이번에 라볼 여행을 앞두고 시내 서점에 들러 가이드북을 찾아봤다. 들어간 곳은 비교적 큰 서점이었다.《지구를 걷는 법》(한국어 제목은《세계를 간다》─옮긴이)을 비롯해 프랑스 관련 가이드북이 네 종쯤 늘어서 있었지만, 놀랍게도 라볼은 어디에도 실려 있지 않았다. 지역 소개가 없는 것은 물론이고,

지도에 그 지명조차 실려 있지 않았다.

세계 구석구석의 아무리 작은 고장을 찾아가도 중화요리 식당과 일본인 관광객은 반드시 있다고 일컬어진 지 이미 오래다. 일본의 여행 가이드도 세계에서 가장 친절하기로 유명하다. 그런데도 일본으로 치면 가마쿠라나 하야마 같은 곳이 프랑스 지도에 실려 있지 않은 것이다.

모험이라고 이름 붙이기는 과장스럽겠지만, 가이드북에도 없는 장소를 방문하는 것은 이번이 처음이었다.

이번에 프랑스에 가게 된 사정을 간단히 설명하면, 졸저의 해외 판권을 담당하는 에이전트인 콜린 씨가 방문해달라고 요청했기 때문이다. 그녀의 얘기에 따르면, 라볼에서는 해마다 '해변의 작가들'이라는 행사가 열리는 모양이다. 프랑스 작가들이 모이며, 예를 들면 어떤 문학 작품과 그것에 잘 어울리는 와인 같은 것을 소개하는 독특한 기획도 있다고 했다. 그리고 매회 세계 도시들이 테마가 되는데, 올해의 도시가 '도쿄'였다. 테마 도시에서 작가를 초대하는 일도 항례인데, 여러 작가들 중에서 특별히 선택된 사람이 나였던 것이다.

"초청해주신 뜻은 고맙지만, 작가들 모임은 좀 버겁습니다."

처음에는 좀처럼 내키지 않았지만, "요시다 씨는 마지막 날 한 시간만 대담에 나가주시면 돼요. 나머지 사흘간은 바닷가에서 일광욕 삼매경에 빠지시면 된다니까요"라는 콜린 씨의 말에 득달같이 태도가 바뀌었다. 그런 까닭으로 목적지의 정보도 전혀 실리지 않은 가이드북을 트렁크에 욱여넣고 무작정 출발했다.

전날은 파리에서 하룻밤을 묵고, 다음 날 아침 몽파르나스 역에서 세 시간 동안의 여행을 시작했다. 시차 적응이 안 돼서 조금 멍하긴 했지만, 세 시간 후면 고급 비치리조트에 도착할 예정이었다. 트렁크를 끄는 손에 힘이 들어갔다.

유럽의 열차 좌석은 기본적으로 서로 마주 보게 설치되어 있다. 이번처럼 혼자 하는 여행일 경우에는 낯선 사람과 마주 앉게 된다. 솔직히 거북한 상황이다.

"그러니까 〈비포 선라이즈〉 같은 얘기도 만들어지겠죠"라고 연애 지상론자인 작가 T씨는 쉽게 말하지만, 만에 하나 상대가 줄리 델피라도 이쪽이 에단 호크가 아니니 상황이 변할 리 없다.

어떤 사람일까 상상하며 지정된 객차로 올라탔다. 차표를 한 손에 들고 통로를 빠져나가자, 내 좌석(2인석) 맞은편에 젊은 동양 여성이 앉아 있었다. 번호를 확인하고, 일단은 자리에 짐을 내려놓았다. 힐끗 시선이 마주쳐서 인사를 주고받았다. 짧은 인사만으로는 알기 어렵겠지만, 어쩐지 그 분위기가 일본인 같지는 않았다.

짐을 선반에 올리고 있는데, 옆의 컴파트먼트(4인석)에 자리를 잡은 프랑스인 가족이 그녀에게 자주 말을 건넸다. 그녀도 유창한 프랑스어로 대답했다. 컴파트먼트에는 할머니 두 분과 손녀딸로 보이는 어린 소녀 둘이 앉아 있었다. 무슨 얘기인지는 전혀 알 수 없었지만, 얼마쯤 지나자 뚱뚱한 할머니가 허리의 코르셋을 풀고 일어서더니 내 앞의 그녀와 자리를 바꾸었다. 이쪽 자리는 허리가 아파서 불편하다고 말하는 할머니에게 '그럼 자리를 바꿔드릴까요?'라는 대화라도 주고받은 듯했다. 그렇게 되자, 그녀가 왠지 일본인 같은 느낌이 들었다. '마음씨 착한 아가씨로구나' 하고 생각하는 중에 기차가 서서히 움직이기 시작했다.

파리를 벗어나자, 차창 밖의 경치는 곧바로 전원 풍경으로 변했다. 내 앞에서 줄곧 졸고 있던 할머니가 열차 내 이동 판매 소리를 듣고 눈을 번쩍 뜬 것은 도착하기 한 시간쯤 전이었다. 이동 판매원을 불러 세워 생수를 샀지만, 뚜껑이 단단해서 잘 안 열리는 것 같았다. 대신 뚜껑을 따주자, 할머니가 감사 인사를 하며 내가 읽고 있던 문고본을 집어 들었다. 거꾸로 들었으니 일본어를 읽을 리 만무했다. 한동안 바라보던 할머니가 일방적으로 프랑스어로 말을 건넸다. 물론 무슨 소리인지 하나도 이해할 수 없었다. 프랑스어를 못한다고 영어로 말했지만 개의치 않았다. 무슨 말인지 몰라 안절부절못하는데, '시누아(중국인)'라는 말만은 알아들을 수 있었다.

"농. 자퐁"이라고 대답한 순간, 할머니가 허겁지겁 컴파트먼트로 자리를 옮긴 아가씨를 불렀다. '마이, 마이, 이 사람, 일본인이래. 얘, 마이!' 이 정도 느낌이랄까. 새근새근 잠들어 있던 그녀도 깜짝 놀라 눈을 떴다. 우연히 옆에 앉은 게 아니라 다섯 사람은 처음부터 일행이었던 모양이다.

어리둥절해서 멍하니 바라보는 사이, '모처럼 일본인을 만났으니 이쪽으로 와서 얘기라도 좀 나눠'라느니 어쩌느니(아마도) 하면서 할머니와 그녀가 또다시 자리를 바꿨다. 같은 나라 사람끼리는 사이좋게 지내는 게 당연하다고 여기는 할머니다운 사고방식은 세계 어디서나 마찬가지인 모양이다.

잠에서 깨어난 마이 씨는 약간 쑥스러워하면서도 내 앞자리로 돌아왔다. "어디까지 가세요?"라고 물어서 라볼까지 간다고 대답하자, "우리도 거기 가요. 흔치 않은 일이네요. 일본인이 라볼에 가다니" 하며 놀라워했다.

라볼에 도착할 때까지 마이 씨와 대화를 나눴다. 마이 씨는 피아니스트로 10년 가까이 파리에 살고 있는 듯했다. 설명을 덧붙이자면, 동행한 가족은 이웃에 사는 사람들이고, 라볼에 있는 그녀들의 별장에 놀러 가는 길이라고 했다.

"저는 아무 의심 없이 우연히 옆에 앉은 사람에게 친절하게 자리를 바꿔드린 줄 알았습니다"라고 내가 말했다. 그러자 "그런 것치고는 할머니들이 싸 온 샌드위치를 덥석덥석 잘도 받아먹는다 싶었겠죠"라며 그녀가 웃었다.

실제로 그녀는 빵을 먹었다. 자리를 바꿔준 인사치고는 꽤 잘 먹는다는 생각을 하긴 했었다. 둘이서 웃는 사이에 열차는 라볼에 도착했다. "며칠 머물 거면 식사라도 하러 꼭 한번 들러요." 기차에서 내릴 때 할머니가 초대해주었다.

라볼은 7킬로미터에 이르는 아름다운 해변을 중심으로 형성된 고장이었다. 그곳에는 오래전부터 산뜻하고 세련된 별장들이 모여 있었고, 바닷가에는 70년대에 지은 듯한 현대식 콘도미니엄이 늘어서 있었다.

빌라 퐁 호텔에 체크인을 한 후, 콜린 씨와 주최자의 부인인 브리지트 씨의 안내로 행사 회장인 교회로 향했다. 그 고장의 중심 광장에 서 있는 상징적인 교회였다. 회장에서는 때마침 어느 프랑스인 작가가 낭독을 하고 있었다. 1백 석쯤 되는 자리는 절반쯤 차 있었고, 모두 진지한 표정으로 낭독에 귀를 기울였다.

잠시 후 회장에서 나오자, 브리지트 씨가 섬뜩한 말을

꺼냈다.

"모처럼 멀리서 오셨으니 사흘 동안 자유롭게 라볼을 즐겨주세요."

예상은 했지만, 기본적으로 자유행동인 프랑스식 '접대'였다. "그럼, 저녁식사 때 만나죠. 나머지는 자유 시간이에요"라는 것이다. 평균적인 일본인(특히 혼자일 경우)에게는 프랑스의 고급 비치리조트에서의 자유 시간만큼 고통스러운 것도 없다. 불안한 시선으로 옆에 있는 콜린 씨를 바라봤지만, 프랑스인인 콜린 씨는 당연히 자기 파트너와 함께였다. 업무가 아니라 여름 바캉스의 일환이었던 것이다. 모처럼 연인과 함께 보내는 바캉스를 방해하기도 미안해서 교회 앞에서 콜린 씨와 헤어졌다.

헤어진 순간, 매일 밤낮을 분 단위로 '접대'해준 한국의 도서 전시회가 너무나 그리워졌다. 사인회, 술자리 모임, 술자리 모임, 취재, 술자리 모임으로 이어지는 코스였다. 결국 나는 프랑스의 고급 와인보다는 맥주에 소주를 타서 마시는 한국식 스타일이 더 잘 맞는 사람임을 새삼 실감했다. 짐짓 멋진 작가인 척 점잔을 빼지만, 와인 맛을 비교하는 것보다는 소주잔을 기울이며 "원샷! 원샷!" 하고 외쳐대는 게 훨씬 편안하고 즐거운 것이다.

그렇지만 가이드북에도 실리지 않은 고장을 기분 내키는 대로 산책하는 기분도 꽤 괜찮았다. 그 고장에 있는 모든 사람들이 짧은 여름을 한껏 즐기는 달뜬 감정은 가는 곳마다 충분히 느낄 수 있었다. 정신을 차려보니 수영복으로 갈아입고 해변으로 향하고 있었다. 뜨거운 모래를 밟는 순간, 조금 전까지만 해도 길게 느껴졌던 사흘이라는 시간이 매우 짧게 여겨졌다.

덕분에 마지막 날 이벤트는 대성황 속에서 끝이 났다. 회장은 만석이었고, 어스름한 교회 안에 모인 분들은 진지한 표정으로 이야기를 들어주었다. 마지막 질의응답 시간에는 일본에 대한 프랑스인들의 예사롭지 않은 관심에 놀라기도 했다. 수많은 프랑스인 사이에 홀로 끼어 '자 그럼, 일본이라는 나라는 대체 어떤 나라냐?'라는 질문을 받는 듯한 상황이었고, 내 머릿속에 떠오른 장면은 TGV에서 할머니에게 자리를 양보해준 마이 씨의 모습뿐이었지만, 어쩌면 그것이 이번 여행에서 얻은 가장 큰 수확이었을지도 모른다.

뉴욕, 미국

뜬금없는 얘기겠지만, 독자 여러분은 과연 팁이라는 문화에 익숙할까? 참고로 덧붙이면 나는 지독하게 서툴다. 일 관계로 해외에 나가는 일도 많아졌지만, 여전히 팁 문화가 있는 나라에 가면 아침부터 밤까지 온통 그 계산만 하는 기분이 든다.

물론 실수도 많았다. 지난번에 뉴욕을 방문했는데, 첫날 저녁에 호텔에서 가까운 시푸드 레스토랑에 들어갔다. 서글서글한 웨이터, 접시에 먹음직스럽게 담아낸 굴, 그리고 향기롭고 맛 좋은 백포도주로 매우 만족스러운 저녁식사를 마쳤다.

그런데 지극히 당연한 일이겠지만, 레스토랑에서 식사를 하면 계산을 해야 한다.

서글서글한 웨이터가 가벼운 농담을 던지며 식탁 위에 계산서를 내려놓았다. 여기까지는 일본과 거의 다를 게 없다. 그러나 문제는 거기서부터다.

우선 그 요금에는 팁이 포함되어 있을까 없을까. 포함되지 않았다면 대체 몇 퍼센트 정도가 통념일까.

먼저 계산서를 확인해봤지만 'Tip'이라는 글씨는 어디에도 보이지 않았다. 또한 서비스 요금 같은 항목도 찾아볼 수 없었다. 'Gratuity'라는 부분이 의심스럽긴 했지만, 그게 정식 팁인지 아니면 그것과는 별개로 '수고비'를 따로 건네야 하는지 알 수가 없었다.

그쯤에서 서글서글한 웨이터를 불러 세우고 '저, 이건 팁이 포함된 금액인가요?'라고 솔직하게 물어보면 좋을 테지만, 일본인의 나쁜 버릇이 있어서 아무래도 요금에 관한 질문은 품위가 없는 것 같아 주눅이 들어버린다.

결국 와인 취기도 있고 해서 '그냥 내자, 내'라고 하기 일쑤지만, 다음 날 술이 깬 눈으로 영수증을 다시 확인하면 팁이 포함된 금액에 팁을 얹어주고, 게다가 '수고비'까지 따로 챙겨줬다는 걸 알아차린다.

그 사실을 알아차리면 아무래도 억울하게 마련이다. 그렇다기보다 부끄러워진다. 손해를 봤다는 생각보다는 쇼핑하고 돈을 지불한 후, 정작 중요한 물건은 계산대에 그냥 두고 와버린 것 같은 수치심이 느껴진다. 상대 쪽에서는 인심이 후한 게 아니라 단순히 경박한 손님으로밖에 안 보일 것이다.

그렇다 보니 이런 일로 한 번 부끄러운 경험을 하면, 그 후에는 자연히 필요 이상으로 신중해질 수밖에 없다. 지나치게 신중해져서 당연히 줘야 할 팁도 잊고 안 주거나 택시에서 거스름돈을 안 받으면 끝날 일을 일단 거스름돈을 받은 후에 그것을 다시 운전기사에게 건네는 촌스럽기 그지없는 행동까지 하고 만다.

그러고 보니 팁에 관해서 한 친구가 이런 말을 한 적이 있다.

"팁은 참 성가셔. 계산하기도 귀찮고 건네주는 방식도 주의해야 하고. 로마에 가면 로마법을 따르라고 했으니 지불하는 거야 별 상관없어. 그렇지만 체면이 있으니 이왕 줄 바엔 야박하게 굴긴 싫잖아. 그렇다고 많이 주는 것도 부자인 척하는 것 같아서 영 내키질 않고."

거기까지 듣고, 과연 옳은 말이구나 싶어 무릎을 쳤다.

그 말이 맞다. 팁 문화가 없는 일본인에게는 팁에 '사례'라는 이미지가 깃들어 있다. 그런데 이 '사례'라는 것은 다루기가 만만치 않다.

예를 들어 호텔 직원이 짐을 들어다줬다고 치자. 통념은 짐한 개에 1달러인 모양이다. 그런데 공교롭게도 주머니에는 60센트와 20달러짜리 지폐뿐이다.

여러분은 이럴 때 어떻게 하겠는가.

참고로 덧붙이면 나의 사고 과정은 이렇다.

팁을 줘야 한다는 것은 잘 안다. 그러나 적정 가격인 1달러가 없다. 물론 20달러는 너무 많다. 그렇다고 해서 (여기가 바로 문제인데) 60센트를 건네면 상대를 바보 취급 하는 것 같은 기분이 든다.

결과적으로 상대를 바보 취급 하기보다는 지불하지 않는 쪽을 선택하고 만다.

나 자신도 그것이 좋지 않다는 사실은 잘 안다. 모르긴 해도 적은 금액이라도 건네는 게 예의일 테고, 서툰 영어로라도 그 마음을 제대로 전하면 좋겠지만, 여하튼 팁은 순간적인 판단을 강요한다. 그런데 그 순간적인 판단이 워낙에 서툴다 보니 도무지 결말이 나지 않는다.

참고로 이번 뉴욕 방문은 10여 년 만이었다. 10여 년 만에두 번째 찾는 뉴욕이었다. 〈날개의 왕국〉에도 '두 번째 ○○'이라는 연재가 있어서 제목을 참 잘 붙였다고 늘 감탄하는데,

이 '두 번째'라는 말에는 성장, 애착, 추억, 시간 등등 '여행'을 구성하는 모든 의미가 포함되어 있는 것 같은 느낌을 떨쳐낼 수 없다.

가난한 학생의 여행이었던 첫 번째와 비교하면, 묵는 호텔이나 식사하는 레스토랑이 다른 탓인지 마치 다른 도시를 찾아온 듯한 느낌도 들었지만, 그 당시 시간을 보내려고 앉아 있던 공원 벤치나 숙박했던 싸구려 호텔을 다시 보는 것만으로도 '두 번째'라는 말에 포함된 모든 감정이 솟구쳐 올라 어울리지도 않게 눈시울이 붉어질 것 같았다.

이번에는 호텔과 가깝기도 해서 뉴욕 체재 중에 센트럴파크를 여러 번 산책했다.

어디를 가든 그 도시의 공원에서 시간을 보내는 것이 내 여행의 빼놓을 수 없는 즐거움이기 때문이다.

체재 마지막 날이었을까, 구겐하임 미술관에 다녀오는 길에 공원 호숫가에 만들어놓은 러닝 코스를 걸었다. 바람결에 파문을 일으키는 호수. 석양빛을 받아 반짝이는 고층 빌딩들. 푸르디푸른 나무들. 각자 저마다의 속도로 달리기를 즐기는 뉴요커들.

달리는 사람들에게 추월당하며 한동안 호수 주위를 걷고 있는데, 전망이 좋아 보이는 곳에 물을 마시는 수도와 벤치가 나왔다.

미술관을 둘러보느라 지치기도 해서 벤치에 앉아 또다시 멍하니 달려가는 사람들을 바라보고 있는데, 역시나 관광객으로 보이는 젊은 남자 둘이 카메라로 멀리 보이는 빌딩들을 줄기차게 찍어대며 러닝 코스로 걸어왔다.

내가 처음 뉴욕에 왔을 때는 저 또래였겠구나 생각하며 학생처럼 보이는 두 사람의 모습을 지켜보았다. 물 마시는 수도까지 다가온 그들은 한국어로 뭐라고 얘기를 나누더니 웃으면서 빈 생수병에 물을 담기 시작했다.

별 대수로울 것도 없는 광경이었지만, 작은 생수병에 졸졸 흘러나오는 물을 채워 넣는 모습이 잔망스럽고 딱해 보였다.

첫 번째 젊은이가 물을 다 채우고, 두 번째 젊은이에게 자리를 양보했다. 바로 그때 덩치가 큰 백인이(60대쯤 되었을까) 달려오더니 물을 마시려고 두 사람 등 뒤에 섰다.

생수병에 물을 담기 시작한 두 번째 청년은 살짝 미안한 듯 뒤를 힐끔 돌아보았지만, 미안하다고 해서 졸졸거리는 물이 갑자기 콸콸 흘러나올 리도 없다.

학생은 거북한 듯이 몇 번이나 뒤를 돌아보았다. 백인 남자는 어깨를 들썩거리며 수도꼭지 자리가 비기를 기다렸다.

다음 순간, 학생이 더는 버틸 수 없었는지 자리를 내주었다. 생수병에는 아직 물이 절반도 차지 않았다. 별안간 자리를 양보받은 백인 남자도 놀란 듯했다. 앞에 선 사람의 생수병에 물이 차기를 당연하다는 듯 기다렸던 모양이다.

연장자를 공경하는 나라, 한국의 젊은이였다. 그 학생의 마음은 훤히 이해할 수 있었다. 생수병에 물을 다 받으려면 시간이 걸릴 테니 먼저 드시라고 양보했을 것이다. 그러나 뒤에서 기다리던 아저씨는 그런 갑작스러운 친절이 한순간 이해가 되지 않는지, "다 안 찼는데 괜찮아?"라며 깜짝 놀랐다.

깜짝 놀라면서도 아저씨는 수도꼭지에 입을 대고 물을 마셨다. 벌컥벌컥 목젖을 울리며 물을 들이켜더니 무슨 생각을 했는지 옆에 서 있던 학생의 생수병을 낚아채 자기가 직접 물을 받기 시작했다. 학생들은 영어가 별로 유창하지 않은 듯했다. 물을 담아주는 아저씨와 어색한 미소를 주고받으면서도 물이 가득 차기를 기다렸다. 물이 가득 차자 아저씨는 "자, 받아, 2달러야"라며 생수병을 내밀었다. 물론 농담일 테지만, 그게 미국식 농담인지 아저씨의 표정은 너무나 진지했다. 순간 젊은이들이 어쩔 줄 몰라 하며 당황하자, 아저씨는 활짝 웃으며 그들의 어깨를 두드리고 다시 뛰기 시작했다. 젊은이들은 쓸쓸하게 웃으면서도 그 뒷모습을 바라보며 배웅했다.

별 대단할 것도 없는 광경이지만, 왠지 모르게 기분이 좋아졌다.

　세상은 넓으니 관습의 차이가 반드시 있게 마련이다. 그러
나 아무리 차이가 있어도 그 안에 선의가 담겨 있는 한, 약간
의 어긋남은 아름다운 광경이 될 수 있다는 사실을 새삼 깨
달았다.

포브지카, 부탄

12월이다.

이 시기에 국내선 비행기(특히 도쿄나 오사카 같은 대도시에서 출발하는 편)를 타면, 나도 모르게 빙그레 미소가 번질 때가 있다. 그 이유는 귀성객 때문이다. 귀성객 중에서도 아직 1년차인 사람들. 취직이나 진학으로 고향을 떠나 약 1년간 도시에서 지낸 사람들이 온갖 감정을 품고 처음으로 귀성하는 모습 때문이다.

짓궂은 눈빛으로 바라보며 빙그레 웃는 건 절대 아니다. 빙그레 웃는 나 자신도 20년쯤 전에는 영락없이 똑같은 처지였고, 그렇기 때문에 저절로 미소가 배어나오는 것이다.

'여름방학에도 집에 갔을 테니 첫 귀성은 아니지'라고 생각하는 분도 계실지 모르지만, 넉 달째의 귀성과 그해 연말의 귀성은 똑같은 귀성이라도 마음가짐부터가 크게 다르지 않을까.

고등학교 졸업 후 도쿄로 나온 내 경험을 떠올려봐도 넉 달째의 귀성은 여전히 '도쿄에 다녀왔다'는 감각이 강했다. 그렇지만 12월 귀성에서는 '도쿄에 살고 있다'는 감각으로 변했던 것 같다. 한마디로 표현하자면, 여름에는 '고향으로 돌아가는' 느낌이라면, 겨울에는 '고향에 가는' 느낌이 되어버리는 셈이다.

'간다'와 '돌아간다'는 크게 다르다.

다시 말해 고향 집으로 돌아가는 경우는 아무런 스스럼도 없지만, 어딘가에 가게 되는 경우는 어쨌거나 나름대로 채비가 필요해진다.

물론 옷차림새뿐만이 아니고, 예를 들면 선물 하나쯤이라도 들고 가는 게 좋다. 그러나 가족에게 과자상자를 들고 가기도 좀 그렇다.

그렇다면 최고의 선물은 바로 나 자신, 도시에서 성장한 자기의 모습일 수밖에 없다. 하지만 인간이 고작 1년 남짓에 눈에 띄게 성장할 리도 없다. 그렇다 보니 외모만이라도 변화를 표현하고 싶어지게 마련이다. 부끄럽지만, 실제로 나 자신도 그랬다.

그런 까닭에 남자라면 싸구려 재킷 같은 것을 걸치기도 한다. 도시에만 있는 브랜드 셔츠를 입어보기도 한다. 평소에는 쓰지도 않으면서 유행하는 모자를 써보기도 한다.

그래도 부족하다 싶으면, 도시에서 밴드를 시작한 사람은 쓸 일도 없으면서 기타를 들고 내려간다. 연극에 눈뜬 사람은 읽지도 않으면서 왠지 어려워 보이는 철학책 같은 것을 겨드랑이에 끼고 가기도 한다.

기저귀를 갈아주신 부모님이니 아들의 그런 얄팍한 겉치레쯤이야 훤히 꿰뚫어볼 게 빤하다. 하지만 이쪽 입장에서는 선물 대신인 셈이고, 선물인 이상 되도록 값비싸 보이는 게 나을 테니, 이것저것 욕심을 내게 마련이다. 결과적으로 비행기에 오를 무렵에는 누가 보더라도 상당히 과장스러운 '선물'이 되어버린다.

경험자 눈으로 보면, 그 모습에 저절로 미소가 번진다. 좀더 표현하자면, 가슴이 찡하게 아려올 만큼 흐뭇하고, 무심코 말을 건네고 싶어질 정도로 아름답다.

물론 '선물'을 받는 부모 역시 그것이 아무리 요란스러워도 설에 도코노마(일본 건축에서 객실인 다다미방 정면에 바닥을 한 층 높여 만들어 놓은 곳. 벽에는 족자를 걸고, 바닥에 도자기나 꽃병 등을 장식함—옮긴이)에라도 장식하고 싶은 심정이지 않을까.

새해라는 말이 나왔으니 얘긴데, 최근 몇 년간은 해마다 설날을 조용히 내 집에서 맞았다.

전에는 연말연시를 이용해 멀리 나갔지만, 최근 몇 년은 연말이나 연초에 국내여행을 며칠 떠나기는 해도 한 해의 마지막 날과 새해 첫날 아침은 집에서 보낸다.

별다른 이유는 없다. 그저 단순히 새해를 맞기에 가장 마음 편한 곳이 결국은 내 집이기 때문일 것이다.

반대로 해마다 새해를 하와이에서 맞는 친구도 있다. 아마도 그의 가족에게는 새해를 보내기에 가장 차분한 곳이 하와이인 듯싶다.

또한 새해 첫날은 꼭 온천에서 보낸다는 친구도 있다. 똑같은 장소가 아니라 홋카이도에서 규슈까지 해마다 다른 곳에서 보낸다. 이 시기가 되면 연인과 새해 여행지를 찾는 게 이루 말할 수 없이 즐거운 모양이다. 유일하게 정해둔 조건은 온천지라는 것뿐이다. 그 밖에는 그야말로 다트를 던지듯 결정한다고 한다.

1년을 보내고, 다시 새로운 한 해를 시작하는 순간을 맞는 좋은 장소를 가지고 있다는 것은 매우 윤택한 일이지 싶다.

요즘 젊은 사람들은 여행을 별로 안 한다는 말도 간혹 들리는데, 예를 들면 매년 새해를 각국의 다양한 지역에서 맞아보는 것도 재미있지 않을까. 딱히 무리할 필요는 없다. 그때그때 갈 수 있는 장소, 그때그때 가고 싶은 장소면 충분하다.

그러다 보면 마음에 드는 곳을 찾게 될 테고, 그 후로는 그 고장에서 새해를 맞는 것이 항례가 될지도 모른다.

무언가를 선택한다는 행위는 정말로 윤택한 것이다.

그 선택의 폭이 넓으면 넓을수록 인생도 윤택하게 변하지 않을까.

윤택함에 관해 얘기하다 보니 재작년에 잡지 일로 방문했던 부탄이 떠오른다. 부탄을 간단히 소개하자면, 중국과 인도 사이에 낀 왕국으로 세계에서 유일하게 티베트불교를 국교로 삼은 나라다.

남성의 거의 대부분은 '고', 여성의 거의 대부분은 '키라'라고 불리는 민족의상을 일상적으로 착용한다.

부탄 하면 제일 먼저 떠오르는 것이 '국민총행복(GNH, Gross National Happiness)'이라는 단어가 아닐까. 세계 각국이 치열하게 '국민총생산'을 늘리려 경쟁하는 와중에 "우리나라는 GNP가 아니라 GNH를 높이겠다"고 선언한 부탄의 전 국왕의 말은 세계적인 각광을 받았다.

부탄은 히말라야 산맥에 둘러싸인 아름다운 나라다. 국민 대부분이 티베트불교를 신실하게 믿는 불교 신자이며, 산간 마을들은 장엄한 사원을 중심으로 펼쳐져 있다.

부탄의 아름다움을 말로 다 표현하기는 어렵다. 그러나 티베트불교에는 별 흥미가 없더라도 리조트는 좋아하는 분이라면, 세계의 수많은 나라 중에서 '아만 리조트'가 가장 많은 나라라고 하면 조금은 그 아름다움을 상상할 수 있을지도 모르겠다.

여하튼 참으로 아름다운 나라다.

현재 부탄은 아직 가볍게 자유여행을 떠날 수 있는 나라는 아니다. 여행자에게는 반드시 운전기사와 가이드가 붙는다. 물론 감시 역할은 아니라서 그들과 함께하는 대화나 식사가 부탄 여행의 커다란 즐거움이기도 하다.

우리 여행에서 가이드를 맡아준 사람은 케잔이라는 청년이었다. 참고로 덧붙이면, 부탄 사람은 일본 사람과 매우 비슷하다.

그런데 그 케잔 씨가 성격이 매우 밝아서 긴 여행 내내 부탄의 옛날이야기도 들려주고 아내와의 연애담도 들려줘서 여행이 끝났을 때는 부탄을 떠나기 아쉬운 것은 물론이고 케잔 씨와 이별하는 게 제일 서운할 정도였다.

긴 여행을 마치고 수도 팀부로 돌아왔을 때였는데, 우연히 둘만 남아 멍하니 광장을 바라보고 있었다. 긴 여행으로 성격을 잘 알게 된 덕도 있어서 나는 그에게 이런 질문을 던져보았다.

"케잔 씨, 혹시 1천만 엔짜리 복권에 당첨되면 뭘 갖고 싶어요?"

그저 심심풀이 질문이었을 뿐인데, 케잔 씨는 꽤 진지하게 고민하기 시작했다. 그리고 질문한 나까지 질문한 사실을 잊어버렸을 무렵, 그는 이렇게 대답했다.

"절반은 절에 기부할 겁니다."

나도 모르게 "그럼, 나머지 반은?" 하고 물었다.

"나머지 반도 내세를 위해 절에 기부할 겁니다."

일본에 있을 때는 그런 대답이 어딘지 모르게 위선처럼 들릴 때도 있다. 그러나 부탄을 2주 동안이나 여행한 나에게는 그의 대답이 순수하게 가슴 깊이 와 닿았다.

부탄이라는 나라는 절대 문화적으로 뒤처진 나라가 아니다. 국민의 거의 대부분이 영어를 할 줄 알고, CNN도 인터넷을 통해 일상적으로 보곤 한다.

바깥세상을 모르기 때문에 그런 생활을 하는 게 아니라, 바깥세상을 다 알면서도 그런 생활을 선택한 나라인 것이다.

어느 마을에서 전기 공사 이야기가 나왔던 모양이다. 그런데 전기를 설치하면 학이 오지 않게 된다. 마을사람들이 내놓은 대답은 '전기는 필요 없다'는 결론이었다고 한다.

선택이라는 행위는 참으로 윤택한 것이라고 생각한다.

그리고 선택한 그 무언가에서 그 사람의 풍요로움이 드러난다고 생각한다.

신주쿠, 도쿄

십수 년 만에 돌발성 요통으로 고생했다.

다 나은 지금이야 웃으며 얘기할 수 있지만, 통증이 한창 심할 때는 웃기만 해도 저릿저릿 쑤시며 아팠다. 참고로 덧붙이면, 다른 사람들에게 허리를 삐끗했다고 말하면 무슨 까닭인지 다들 "아하하!" 하고 웃는다.

개인적으로는 돌발성 요통을 의미하는 일본어 깃쿠리고시('깃쿠리'는 놀라거나 불시의 일을 당하거나 하여 갑자기 동요하는 모양을 나타내는 부사로 '화들짝', '철렁' 정도의 의미. '고시'는 허리를 뜻한다─옮긴이)라는 명칭부터가 이상하다는 생각이 든다.

지역에 따라서는 빗쿠리고시('빗쿠리'는 깜짝 놀라는 모양을 나타내는 부사 – 옮긴이)라고도 하고, 서양에서는 '마녀의 일격', 참고로 한국에서는 허리를 '삐끗'했다고 표현하는 모양이다.

왜 그런지 하나같이 무게감이 없다. 통증에 비해 정당한 대우를 못 받는다는 느낌을 떨쳐내기 어렵다.

수치를 무릅쓰고 고백하자면, 이번에는 집 앞에서 택시를 내리는 순간 삐끗했다. 맨션 벽에 손을 짚은 채로 웅크려 앉을 수도 걸어갈 수도 없었다.

그러나 야밤에 길에서 벽에 손을 짚은 채 움직이지 않는 남자는 누가 봐도 수상쩍을 테니, "아야, 아야야야" 신음을 흘리면서도 벽을 짚으며 간신히 집으로 들어갔다. 지금 사는 맨션으로 이사 온 지 5년째인데, 건물 입구의 완만한 휠체어용 슬로프를 이용해보기는 처음이었다.

참고로 덧붙이면, 십수 년 전에(아마 스물세 살이었던 것 같은데) 처음으로 허리를 삐끗했을 때는 막 청바지를 입으려던 순간이었다. 꽤나 기분이 좋았는지, 목욕을 마치고 흥얼흥얼 콧노래를 부르며 오른쪽 다리를 청바지에 쭉 밀어 넣는 순간 삐끗해버린 것이다. 다행인지 불행인지 그때는 바로 옆에 할머니가 있었다. 청바지에 한쪽 다리만 낀 채 갑자기 정지해버린 손자를 보며 "할미 안경, 어디 있는지 봤냐?"라고 태평하게 묻던 할머니의 목소리가 아직까지도 생생하게 기억이 난다.

병이든 부상이든 다 마찬가지겠지만, 결코 이쪽 상황을 배려해주지 않는다. 이번에도 신간이 갓 발행된 시기라 각종 잡지의 취재와 인터뷰에 한창 힘을 쏟을 무렵이었다.

게다가 허리를 삐끗한 바로 다음 날에도 잡지 세 군데와 취재 일정이 잡혀 있었는데, 몸도 제대로 뒤척일 수 없는 상황이라 어쩔 도리가 없었다.

곧바로 담당 편집자에게 전화를 걸어 "웃으면 아프니까 절대 웃지 말고 들으세요"라고 미리 다짐을 받은 후에야 "죄송합니다, 실은……"이라며 비참한 상황을 설명했다.

감히 자기변호를 하자면, 여하튼 눈코 뜰 새 없이 바쁜 시기였다. 일상적인 작업에 덧붙여서 신간 홍보, 부산국제영화제(졸저《퍼레이드》가 영화화되어 초대받았다) 참석, 반년에 한 번 있는 〈문학계〉 신인상 심사, 그리고 3년 만에 여는 사인회 등등……. 많은 분들을 만나고 얘기를 나누는 일은 즐거웠지만, 아무래도 끝날 무렵에는 내가 어디서 뭘 하는지조차 헷갈릴 정도로 정신이 없었다.

이윽고 그런 일들이 어느 정도 일단락된 직후의 '삐끗'이었다. 몸이 조금 쉬라고 충고하는 것 같았다.

이번에 허리를 삐끗하는 바람에 많은 분들에게 폐를 끼친

건 분명하지만, 의도하지 않았던 약간의 수확도 있었다.

먼저 허리를 삐끗해본 경험자들이 예상 외로 많았다. 일정이 꽉 차 있었던 탓에 전화를 걸어야 할 사람도 꽤 많았다. 그러면 두 사람 중 한 사람 꼴로, 어떨 때는 세 번 연속으로 "네, 그렇군요. 실은 나도⋯⋯", "사실은 저도⋯⋯"라는 대답이 돌아왔다.

허리를 삐끗했을 때는 누워서 움직이지만 않으면 다른 곳에는 이상이 전혀 없다. 누워 있기만 하니 심심해서 나도 모르게 긴 통화를 하고 말았다.

나도 이렇게 잡지에까지 글을 쓰고 있을 정도니 새삼 말할 필요도 없겠지만, 아무래도 허리를 삐끗한 일은 누군가에게 말하고 싶어지는가 보다.

그렇다 보니 이쪽의 상황을 설명하면, 경험자들도 당연하다는 듯 자기의 체험과 대처법을 신나게 풀어놓았다. 어쨌든 사흘 동안은 꼼짝 말라고 충고하는 사람이 있는가 하면, 침 치료, 스포츠 마사지, 급기야 오스테오파시(Osteopathy, 정골요법)라는 낯선 치료법까지 가르쳐주는 사람도 있었다.

결과적으로 내가 다양한 그 방법들 중에서 선택한 것은 침 치료였다.

"갈 때는 기어가도 올 때는 뛰어온다니까요."

침술원의 홍보원인가 싶을 정도로 적극적이면서도 알기 쉽게 권유했다.

하룻밤 내내 움직이지 못하다가, 다음 날 결사의 각오로 침술원으로 향했다. 전날보다는 조금 낫긴 했지만, 여전히 거북이처럼 굼뜨게 움직일 수밖에 없었다.

"아야, 아야야야!" 신음소리를 흘리며 벽을 짚고 밖으로 나와 콜택시에 올라타고 나서도 브레이크를 밟을 때마다 속으로 비명을 질러댔다.

불행하게도 택시에서 내린 장소에서 침술원까지는 1백 미터 정도나 떨어져 있었다. 신주쿠의 번화가였다. 평소에 사람들이 이렇게 빨리 걸었나 싶어 새삼 놀라웠다.

씩씩하고 시원스럽게 걸어가는 사람들 속에서 나 혼자만 슬로 모션이었다. 당연히 주위의 시선은 따가웠고, 부끄러웠다. 그런데도 침술원은 여전히 멀었다.

그쯤에서 통증도 잊을 겸 휴대전화를 꺼내보았다. 문자를 보내는 척했다. 보낼 상대도 없었다. 그런데 신기하게도 아무도 나를 주목하지 않았다. 문자를 하면 번화가에서도 느릿느릿 걸을 수 있는 모양이다. 오지도 않은 문자를 열어보는 척하며 이따금 멈춰 설 수도 있었다.

전부터 마사지(특히 발마사지와 때밀이)는 좋아하는 편이었지만, 침술원은 이번이 처음이었다. 먼저 뭉친 근육부터 문질러서 풀어주는데, 그 단계에서 내 몸이 얼마나 지쳐 있었는지 실감할 수 있었다. 만신창이라고 하면 과장스럽겠지만, 허용 범위를 넘어선 것은 분명했다.

침 치료는 무사히 끝났다. 돌아갈 때는 뛰어갈 정도까지는 아니었지만, 치료 후 통증이 40퍼센트쯤 줄어들어서 큰길까지 택시를 잡으러 나가는 1백 미터 동안 문자를 보내는 시늉도, 도착한 문자를 확인하는 시늉도 40퍼센트 정도 줄어들었다.

통증은 줄었지만 안정을 취하는 생활은 변함이 없었다. 여러 번 말하지만, 돌발성 요통은 얌전히 누워만 있으면 다른 데는 아무런 이상이 없다. 다시 말해 몸은 건강한데 움직일 수가 없는 것이다.

결국 사흘쯤 집에만 가만히 있었다. 거북이 같은 속도라면 이따금 "아야야" 비명을 지르면서도 움직일 수는 있어서 생활에는 별 지장이 없었다.

시간은 있었다. 그러나 할 일이 없었다. 그런 상황은 실로 오랜만이었다.

모처럼 생긴 기회이니만큼 평소에는 하지 않는 일을 해보고 싶었다. 그때 문득 떠오른 생각이 편지 정리였다. 솔직히 말하면 지금까지 사인회 등에서 받은 독자들의 편지를 다시 읽어보고 싶었다.

　이번 사인회에서도 많은 분들에게 편지를 받았다. 작품 감상을 정성껏 써주신 분도 있고, 살짝 부끄러워하면서 자기 근황을 들려주시는 분, 남몰래 비밀을 털어놓는 분……. 정말로 가슴 따뜻한 다양한 편지들을 많이 받았다. 사인회가 끝나고 나서 그 편지들을 읽는 게 무엇보다 큰 즐거움이었다.

　이번에 받은 편지들 중에는, 사인회를 간절히 기다렸는데 갑자기 몸이 안 좋아져서 입원하는 바람에 갈 수 없을지도 모르겠다는 내용이 담긴 것도 있었다. 이 편지를 건넬 수 있을지 없을지는 모르겠지만 일단은 써보겠습니다. 그런 내용이었다.

　다행히 그분이 사인회에 오셔서 무사히 편지를 받을 수 있었다. 사인을 하며 나눈 짧은 대화에서 해맑은 목소리로 "아, 실은 어제까지 병원에 있었습니다"라며 활짝 웃던 모습과 받은 편지 내용의 차이를 떠올리자, 바빠 죽겠다며 늘 나약한 소리만 쏟아놓는 나 자신이 갑자기 한심스럽게 느껴졌다.

　시간이란 무정하다 싶을 만큼 빠른 속도로 흘러간다. 그 흐름을 따라잡으려다 보니 나도 모르게 무리를 하고 만다. 그런데 이번에 허리를 삐끗하는 바람에 반강제로 천천히 걸을 수 있었다. 그리고 거북이처럼 느릿느릿 걸을 수 있게 된 덕분에

내가 얼마나 많은 분들을 버팀목 삼아 살아가고 있는지 새삼
절실히 깨달을 수 있었다.

부산, 한국

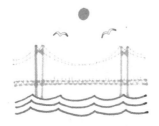

한국 부산에 다녀왔다.

서울은 몇 번 가본 적이 있지만, 부산은 처음이었다. 가깝다는 말은 여러 번 들었지만, 어이가 없을 정도로 가까웠다. 후쿠오카에서 온 친구는 50분 만에 도착한 모양이다.

이번에 부산을 방문한 목적은 '부산국제영화제' 참석이다. 졸저《퍼레이드》가 영화화되어 월드 프리미어 행사가 열리기 때문이다.

보통 이런 유형의 영화제는 감독이나 주연배우들이 참석하는 자리라 원작자는 부르지 않는데, 감독인 유키사다 이사오 씨와는 전부터 아는 사이였고, 부산에 가본 적도 없는 데다, 담당 편집자인 C씨도 "간장게장이 너무 먹고 싶어요!"라고 아우성을 쳐서 반강제로 무리하게 참석하게 되었다.

이번 2009년 부산국제영화제는 14회째를 맞는 비교적 젊은 영화제인데, 젊은 만큼 활기가 넘친다고 해야 할까, 피부까지 탱탱한 느낌이었다. 환갑은 물론이고 미수(米壽)도 얼마 남지 않은 미국의 아카데미상에 비교하면 지명도는 아직 낮지만, 여하튼 영화를 좋아하는 제작자들, 영화라면 정신을 못 차리는 관객들, 그리고 고향을 매우 아끼는 부산 사람들이 모여들어서 그야말로 도시 전체가 하나가 되어 들썩이는 축제의 자리가 마련되었다.

이번에 가장 놀랍고도 감동적이었던 것은 눈에 보이지 않는 곳에서 혼신의 힘을 다 쏟아붓는 자원봉사자 젊은이들의 모습이었다. 부산 공항에 도착하자마자, 영화제 로고가 새겨진 티셔츠를 입은 청년이 자동차로 안내해주었다. 안내해주는 사람이야 다른 영화제에도 있지만, 그 청년의 태도나 표정에서는 진심으로 환영하는 빛이 생생하게 묻어났다.

물론 '부산에 오신 것을 환영합니다'라는 인사를 건네는 거야 쉬운 일이고, 실제로 그런 말을 건넨 것도 아니었지만, 짐을 들어주려는 청년의 몸짓, 휴대전화로 운전기사에게 연락해서 자동차를 대기시키는 그의 목소리에서 '부산에 오신 걸 환영합니다. 영화제를 맘껏 즐겨주십시오'라는 마음이 고스란히 배어나왔다.

공항에서 호텔까지는 물론이고, 호텔과 이벤트 회장까지의 배웅과 마중, 이벤트 회장의 접수와 경비, 거리마다 설치해둔 안내소에도 똑같은 티셔츠를 차려입은 젊은 자원봉사자들이 있었다. 어떤 사람은 감독이나 배우들을 돕고, 어떤 사람은 회장에서 티켓을 팔고, 또 어떤 사람은 회장 경비를 섰다. 전문 기자들과 나란히 서서 각종 이벤트를 촬영하는 사람까지 보였다.

매뉴얼이 있는 것도 아닐 테고, 자원봉사자이니 보수를 받지도 않을 것이다. 그런데도 똑같은 티셔츠를 입은 그들은 공항으로 마중 나온 청년처럼 하나같이 민첩하게 움직였고, 세심하고 예의 바르게 온몸으로 방문자들을 환영해주었다.

친한 친구 집을 방문한 느낌이랄까. 아무튼 영화제 전체, 아니 부산 거리 전체가 친한 친구 같은 인상이었다.

호텔에 먼저 도착한 유키사다 감독은 "어쨌거나 부산은 굉장히 뜨거워요. 모두 무보수로 모였다는데, 영화제를 성대하게 치러내겠다는 기백 같은 게 느껴진다니까"라고 했다. 해마다 참가한다는 유키사다 씨가 이 영화제를 사랑해 마지않는 이유를 알 것 같았고, 그런 영화제에서 극진한 대접을 받는 유키사다 씨에게 조금은 질투가 날 정도였다.

생각해보면 유키사다 감독과 처음 만난 것은 지금으로부터 8년도 더 지난 일이다. 유키사다 감독은 규슈 구마모토 출신, 그리고 나는 나가사키 출신이다. 둘 다 69년생이라 나이도 같고, 둘 다 열여덟 살에 상경했기 때문에 공통점이 꽤 많은 편이다. 덧붙이자면 분야는 다르지만 둘 다 큰 상을 받았다는 것도 공통점이고, 결과적으로 빛을 못 보고 고생한 시기도 정확히 일치했다.

혹시 내가 고등학교 시절에 감독과 같은 반이었다면, 하는 생각을 문득 해본 적이 있는데, 아마도 친구는 안 됐을 것 같다. 말로 설명하긴 어렵지만, 똑같이 영화를 좋아하더라도 좋아하는 이유가 완전히 다르다고 해야 할까. 참고로 덧붙이면, 사소한 얘기일 테지만 성이 유키사다와 요시다라서 출석부 순서대로라면 나란히 앉았을 가능성도 높다.

부산에서 사흘 동안 같이 지내면서 유키사다라는 사람은 타고날 때부터 영화감독이로구나 하는 느낌을 새삼 실감할 때가 많았다.

유키사다 씨 본인은 어떻게 생각할지 모르지만, 그는 기본적으로 사교적인 인간으로 보인다. 그런데 이 '보인다'는 표현이 수상쩍은 부분인데, 이벤트 회장에서나 밤에 여는 파티에서나 얘기를 많이 하며 주위 사람들의 시선을 한 몸에 받는 것처럼 보이지만, 찬찬히 관찰해보면 그가 모두에게 시선을 받는 것 같으면서도 실은 그가 모두를 바라보고 있다는 뜻이다.

그것을 알아채지 못하는 사람은 그가 단순히 말이 많은 사람이라고 생각할지도 모른다. 그러나 그가 말을 많이 하는 까닭은 자기가 주목을 끌고 싶어서가 아니라 그곳에 있는 모든 사람들을 동시에 보기 위한 방법일지도 모른다는 생각이 들었다.

어설픈 이유를 갖다 붙이자는 게 아니라, 어쩌면 그것이야말로 영화 촬영 현장에서 감독에게 가장 요구되는 재능일지도 모른다는 생각이 든다.

또한 유키사다 씨는 사람을 소개하는 솜씨가 매우 뛰어나다. 이번에 부산에서도 유키사다 씨 덕분에 많은 분들을 알게 되었다. 나나 상대방을 스스럼없이 자연스럽게 소개하는 솜씨는 출연자의 인생을 15초 만에 소개하는 〈데쓰코의 방〉(일본의 여배우 구로야나기 데쓰코가 TV아사히에서 1976년부터 진행을 맡고 있는 토크 프로그램―옮긴이) 오프닝 수준에 필적할 만하다.

그리고 이따금 과연 영화감독답다는 생각이 들곤 했는데, 그렇게 누군가를 누군가에게 소개할 때 그 자리에 순간적으로 감도는 분위기라고 할까, 빛깔이라고 할까, 평범한 사람에게는 전혀 보이지 않는 뭔가를 유키사다 씨는 거의 무의식적으로 잡아내는 듯한 기분이 든다. 하양과 검정을 섞으면 회색빛이 된다. 빨강과 파랑을 섞으면 자줏빛이 된다. 그런 변화가 그에게는 또렷하게 보이는 것 같다.

　참고로 덧붙이면 영화제에서 상영된 《퍼레이드》는 대성황을 이루었다.

　후지와라 다쓰야 씨, 가리나 씨, 간지야 시호리 씨, 하야시 겐토 씨, 그리고 고이데 게이스케 씨 등등 쟁쟁한 배우들이 출연했다.

　자기 작품이 영상화되는 것은 기쁘면서도 한편으로는 불안한 일이기도 한데, 이번 《퍼레이드》의 캐스팅에 관해 말하자면, 마치 내가 그들을 모델로 소설을 쓴 게 아닐까 싶을 정도로 스크린 속의 등장인물들에게 완전히 빨려들고 말았다. 원작 속에서 내가 그려내고 싶었던 색깔이 감독의 눈에도 고스란히 보였다고 말할 수밖에 없다.

　그러고 보니 이번에 묵은 호텔은 아름다운 해변에 있었는데, 공교롭게도 창밖으로 보이는 광경은 바다가 아니라 부산의 거리 쪽이었다. 대성황이었던 이벤트를 마치고 맛있는 갈비를 배불리 먹은 후, 거나하게 취해 방으로 돌아와 한참 동안 창밖의 경치를 내려다보았다. 취한 눈에 네온사인으로 밝혀진 한글 간판이 여기저기 보였다. 《퍼레이드》는 나에게도 담당 편집자 C씨에게도 처음으로 해외에서 번역된 작품이었다. C씨가 한국 출판사에서 보내준 한국어판 《퍼레이드》를 일단 펼쳐보긴 했지만, 모조리 한글이라 무슨 뜻인지 전혀 몰라서 2주 동안이나 책상 밑에 그냥 방치했다던 우스운 얘기가 떠올랐다.

내가 쓴 책이 서점에 진열된다는 사실 자체가 스스로도 믿기지 않을 무렵이었다. 그것이 해외로 건너가 그 나라의 글이 되었고, 그것을 읽어주신 분들과 같은 극장에 앉아서 영화가 된 그 작품을 보았다.

평소에는 방에 틀어박혀 컴퓨터 앞에만 앉아 있는 나날을 보내지만, 가끔은 이런 포상도 순수하게 받아들여야겠다는 생각이 든 기분 좋은 부산의 밤이었다.

타이베이, 타이완

여행지에서 독서를 즐기는 사람은 많을 테지만, 영화를 보는 사람은 만나본 적이 별로 없다.

그러나 나는 여행지에서 영화를 자주 본다.

"왜 굳이 외국까지 가서 영화를 봐?"

"무슨 말인지 이해도 못하잖아?"

그런 취미를 다른 사람들에게 밝히면, 어김없이 이런저런 비난이 날아온다.

실제로 모처럼 시간과 돈까지 들여 외국에 나갔으니 영화 같은 것보다는 이름난 유적을 돌아보는 게 더 좋을 것이다.

예를 들면 대만에서 프랑스 영화를 본 날에는 프랑스어 대화에 중국어 자막이 나오니 청경채와 두반장을 건네주며 "자, 프랑스 요리를 만들어보세요"라고 말하는 것만큼이나 혼란스러운 일임에 틀림없다.

그래서 외국에서 영화를 고를 때는 그런 혼란을 반감시키기 위해 되도록 그 나라 영화를 보려고 애쓰지만, 영어권(의무교육 정도의 지식은 있으므로)은 몰라도 그 밖의 나라에서는 당연히 짐작도 할 수 없는 영화를 멍하니 바라볼 수밖에 없다.

무슨 말을 하는지도 모르는 영화를 두 시간씩이나 바라보고 있으면 재미있냐고 묻는다면, 솔직히 대답하기 미묘한 문제라 고개를 갸웃거릴 수밖에 없다. 그런데도 파리의 멋스러운 골목길을 산책하다 그 길에 아주 잘 어울리는 멋스러운 영화관이 눈에 띄면 나도 모르게 어슬렁어슬렁 들어가고 만다.

물론 파리의 멋스러운 영화관만이 아니라 로스앤젤레스의 거대한 시네플렉스도 좋고, 향수가 느껴지는 타이베이의 극장도 좋다. 어쨌거나 여행지에서 영화를 한 편 보는 행위가 무척이나 호강스럽게 느껴진다.

또한 영화 내용을 종잡을 수 없다고 해서 그 나라의 분위기까지 못 느끼는 것은 아니다.

예를 들면 방콕에서 불쑥 영화관에 들어갔을 때 일인데, 일본과 마찬가지로 본영화 상영 전에 다음 작품 예고편이 흘러 나왔다. 매점에서 산 팝콘을 우물거리며 무슨 말인지도 모르는 태국 영화 예고편을 바라보고 있었다. 몇 편의 영화 예고가 끝나자, 뉴스 영상 같은 화면으로 바뀌었다.

'와, 아직도 영화관에서 뉴스를 하네'라며 태평하게 바라보고 있는데, 어쩐 일인지 비교적 붐비던 영화관 안의 관객들이 드문드문 자리에서 일어서기 시작했다.

'어? 뭐지?'

순간적으로 영화가 벌써 끝났나 싶었다. 그러나 영화는 끝나기는커녕 아직 시작도 하지 않았다. 정신을 차려보니 관객들이 모두 일어서서 스크린을 바라보고 있었다. 로마에 가면 로마법을 따르라고 했던가. 이유는 잘 모르지만, 여하튼 나도 팝콘을 내려놓고 허둥지둥 자리에서 일어섰다.

다음 순간, 스크린에 나온 것은 태국 국왕의 초상이었다. 국가인지 장엄한 음악이 극장 안에 울려 퍼졌다.

국왕의 사진이 몇 초간 나왔다 사라지자, 관객들은 모두 아무 일도 없었다는 듯 다시 자리에 앉았다. 혼자만 멍하니 서 있을 수도 없는 노릇이라 나도 허겁지겁 앉았다.

나중에 태국 친구에게 물어보니 대강 그런 상황인 듯했다. 태국의 국왕이 국민에게 절대적인 인기가 있다는 사실은 잘 알고 있었으니, 그런 얘기라면 나도 충분히 납득이 갈 만했다.

말이 나온 김에 덧붙이면 부탄에서도 영화를 봤다.

부탄에 다녀온 사람 자체가 적을 테니 부탄의 영화관에서 부탄 영화를 본 적 있는 일본인도 상당히 드물지 않을까.

상영된 영화는 가슴 뭉클한 가족영화로, 엄마와 가난한 생활을 해나가는 어린 형제의 이야기였다. 전반부에는 코믹한 장면이 이어지지만, 그러던 어느 날 남동생이 민속의상인 '고'를 잃어버린다. 그러나 학교에 가서 공부하기 위해서는 반드시 고를 입어야만 한다. 형제는 지혜를 짜내 오전 중에는 형이 자기 고를 입고 수업을 듣다가 점심때가 되면 헐레벌떡 집으로 돌아가고, 오후에는 동생이 형의 (헐렁헐렁한) 고를 입고 수업을 듣는다.

당연히 말은 하나도 못 알아듣지만, 대강 그런 이야기일 거라고 추측된다.

부탄의 관객들은 정말로 잘 웃었고, 슬픈 장면에서는 잘도 울었다. 실제로 말을 못 알아듣는 나도 마지막에는 눈시울이 뜨거워졌으니 틀림없이 좋은 영화였을 것이다.

파리의 영화관에서는 단골손님끼리 크게 다투는 장면을 목격한 일도 있다.

제목은 잊은 지 오래지만, 긴박한 장면이 이어지는 서스펜

스 영화였다. 영화가 시작되고 30분쯤 지났을 무렵, 앞쪽 객
석에서 말다툼 비슷한 소리가 들려왔다. 남자와 여자 목소리
라 연인끼리 속삭이는 소리인 줄 알았는데, 그 목소리가 차츰
커졌다.

　나는 어차피 영화도 이해하지 못하는 상황이라 소리가 나
는 쪽으로 시선을 돌렸다. 그러자 가당키나 한 일인가. 여자
가 휴대전화(!)로 통화를 하고 있었고, 그 뒷자리에 앉은 남
자가 몸을 앞으로 내밀며 주의를 주는 중이었다.

　앞으로 일이 어떻게 전개될까 궁금한 마음에 영화는 아랑
곳도 않고 그쪽만 바라보았다. 남자가 세 번씩이나 주의를 줬
지만, 여자는 굴하지 않고 휴대전화를 끊지 않았다. 끊기는커
녕 전화기를 손으로 막고 등 뒤의 남자에게 뭐라고 말대꾸를
했다. 그러는 사이 다른 곳에서도 "시끄러워! 조용히 해!"(아
마도)라는 소리들이 날아들었다.

　그쯤 되자 영화보다 객석 쪽이 훨씬 더 박진감이 넘쳤다.
남자가 또다시 불평을 했다. 여자도 지지 않고 말을 받아쳤다.
다음 순간 남자가 울화가 치민 듯이 자리에서 벌떡 일어섰다.
성가셔하는 같은 줄에 앉은 손님들을 헤치며 통로로 나갔다.

　'영화도 안 보고 그냥 가나?'

　아무래도 남자가 딱하다 싶었는데, 몇 분 후 남자도 굴하지

않고 극장 직원을 데리고 나타났다. 그 여자는 당연히 허망하게 직원에게 끌려 나갔다. 이미 영화가 중요한 상황이 아니었다. 영화 내용과는 전혀 관계없이 객석에서 드문드문 박수소리가 일었다.

이렇게 각국의 영화관에서 벌어진 에피소드를 글로 쓰고 있자니, 여행지에서 영화를 보는 취미도 별로 나쁜 것 같지는 않다.

내친김에 에피소드를 한 가지만 더 소개하겠다.

해마다 몇 번씩 방문할 정도로 대만을 좋아하다 보니 대만에서도 당연히 영화를 본다. 재작년 일인데 타이베이에서 〈하이자오 7번지〉라는 영화를 봤다. 일본의 대만 통치 시절에 있었던 일본인 남성과 대만인 여성의 비련과, 현대의 대만인 남성과 일본인 여성의 사랑을 중첩하듯 그려낸 영화인데, 대만에서는 〈타이타닉〉의 뒤를 잇는 흥행 기록을 세운 모양이다.

이 영화에는 대만어와 북경어, 이따금 일본어가 나온다. 영화 마지막 장면에서는 대만인과 일본인이 무대에서 '들장미'를 합창하고, 그 장면에 40년 전의 비련의 결말이 겹쳐지는데, 그 장면에서 나는 눈물을 뚝뚝 흘리고 말았다. 나는 당연히 일본어밖에 모른다. 그런데도 스스로 당혹스러울 정도로 눈물이 흘러넘쳐 멈출 줄을 몰랐다.

그로부터 1년이 지나 〈하이자오 7번지〉가 일본에서도 상영되었다. 표현이 조금 이상하겠지만, 나를 그토록 울린 영화가 대체 어떤 내용이었는지 궁금해서 곧바로 보러 갔다.

아직 새해 분위기가 채 가시지 않은 시기의 긴자 영화관이었다. 영화가 시작되자마자, 마치 답을 맞춰보듯 자막을 읽어 나갔다. 상상했던 대사 내용과는 조금 달랐지만, 솟구쳐 오르는 감정에는 별다른 차이가 없었다. 이국에서 들었던 '들장미'나 긴자에서 듣는 '들장미'나 다를 바 없었던 것이다. 정신을 차려보니 나 스스로도 '또 울어?'라며 어이없어할 정도로 눈물을 흘리고 있었다.

전자제품 할인매장, 도쿄

생각해보면 여행지에서는 선물 종류를 거의 사지 않는다. 회사에 근무하면 상사나 동료에게 과자상자라도 하나 사 들고 오겠지만, 행운인지 불행인지 평소에는 혼자 일하기 때문에 그럴 필요도 없다. 선물을 산 기억을 애써 떠올려봐도 초등학교 수학여행까지 거슬러 올라가야 한다. 목적지는 구마모토의 아소, 그곳에서 산 물건은 나무 사진 액자(물론 '아소 국립공원'이라고 당시 이름이 새겨진 것)였다. 아마도 그 당시 인기를 끌었던 핑크 레이디의 브로마이드가 액자 안에 들어 있었을 것이다.

아들의 첫 번째 선물이었지만, 부모님이 기뻐하신 기억은 없다. 다시 말해 어릴 때부터 선물 고르는 감각이 떨어졌던 모양이다.

꼭 여행지 선물에만 한정되는 건 아니고, 쇼핑 자체를 거의 하지 않는다. 장기 여행에서 입을 옷이 부족하거나 예상보다 추워서 필요 때문에 살 때는 있지만, 흔히 말하는 '쇼핑 시간'을 여행 일정에 포함시키는 습관은 없다.

"일정에 꼭 넣진 않더라도 산책길에 불쑥 들어간 가게에서 기념으로 살 때도 있지 않나?" 그런 질문을 받는 경우도 있지만, 안타깝게도 기억나는 범위에서는 그런 경험이 한 번도 없다.

애당초 뭔가를 사는 행위를 그다지 좋아하지 않는 것 같다. 예를 들어 옷을 사러 나가는 경우에도 '옷을 사고 싶다'가 아니라 '하얀 셔츠가 필요하다'는 의식 때문에 옷가게를 찾게 되고, 가게에 진열된 온갖 빛깔의 신제품에는 눈길도 주지 않은 채 "실례합니다, 하얀 셔츠를 찾는데요"라고 점원에게 곧장 용건부터 밝힌다. 그렇게 말하면 몇 종류나 꺼내준다. 그러면 가격에 맞춰 그중에서 적당히 고르면 그만이다. 쇼핑은 눈 깜짝할 사이에 끝난다.

딱히 옷만 그런 게 아니라 대부분의 쇼핑이 그런 느낌이라

새로운 발견도 없는 대신 쓸데없는 낭비도 없이 끝낼 수 있다.

그러나 이런 경우는 사고자 하는 물건에 관해 어느 정도 지식이 없으면 곤란하다. 예를 들면 하얀 셔츠 한 장이라도 캐주얼한 것인지, 정장에 맞는 것인지, 혹은 양쪽 다 입을 수 있는 것인지에 대한 간단한 지식 정도는 갖추고 있어야 살 수 있다.

얼마 전 일인데, 마침내 DVD 플레이어가 고장이 나고 말았다. 평소 착하게 살지 않아서인지 신작 영화 DVD를 한꺼번에 세 장이나 사 들고 들어간 바로 그날이었다. 참고로 덧붙이면 작년 연말 무렵부터 텔레비전 상태도 별로 좋지 않았다. 이따금 화면 전체에 가느다란 선이 어른거리곤 했다. 그것도 유독 보고 싶은 프로그램을 할 때만 골라서. 별로 보고 싶지도 않은 프로그램일 때는 '역시 PDP 화면답게 뚜렷하고 선명하게' 보이다가도 기대하고 있던 프로그램만 시작하면 지지직거렸다. 참고로 연말에 〈홍백가요전〉을 볼 때는 고바야시 사치코 씨 장면에서 지지직거렸다. 그때까지는 별 흥미도 없다고 생각했는데, 실은 내심 꽤 기대했던 모양이다.

그런 연유로 DVD 플레이어와 텔레비전을 사러 대형 가전제품 할인매장을 찾았는데, 조금 전에도 말했듯이 나는 쇼핑이 매우 서툴다. 게다가 전기제품에도 어이가 없을 만큼 약하다.

어느 정도 약한가 하면, 앞에서 말한 DVD 플레이어를 5년 전에 샀는데, 그때는 '이걸로 하드디스크인지 뭔지 하는 데다 해마다 아카데미상이랑 그래미상 수상식도 녹화해야지'라며 의욕을 불태웠건만, 처음 3년은 조작 방법을 몰라서 녹화를 못했고, 재작년에야 간신히 할 수 있게 되었다. 이 정도면 기계에 얼마나 약한지 대강 짐작이 갈 것이다. 어쨌거나 텔레비전이든 DVD든 상태가 안 좋으면 두드리면 된다고 생각하는 수준 낮은 인간이라고 여겨주기 바란다.

그런 사람이 대형 가전제품 할인매장에 발을 들여놓으려면 얼마나 큰 용기가 필요했을지 대충 짐작이 가실까.

주말의 할인매장 안, 텔레비전 판매장은 수많은 손님들로 북적거렸다. 겁을 먹으면 약점을 잡힐 것 같아서 가슴을 쭉 펴고 당당히 안으로 들어갔다.

'텔레비전과 DVD 플레이어.'

살 물건은 정해져 있었다. 그런데 종류가 너무 많아서 어느 것을 사야 할지 판단이 서지 않았다. 화면 크기만 정하면 될 거라고 얕봤던 게 잘못이다.

일단 매장 직원에게 머뭇머뭇 말을 건넸다.

"저어, ○○형 텔레비전을 찾는데, 이거랑 저건 성능 면에서 어떤 차이가 있나요?"

눈에 띈 텔레비전 두 대를 손가락으로 가리키며 아는 척 말을 건네봤지만, 돌아온 직원의 설명은 대단했다.

"아, 네, 저쪽은 블루레이 내장형입니다. 이쪽은 LED를 백라이트로 사용한 최신형 모델인데……(생략)."

결국 직원은 2분쯤 이야기를 계속했다. 설명을 마친 점원은 제 할 일을 다했다는 분위기였지만, 이쪽은 머릿속이 '지지직'거린 지 이미 오래다. 할 말을 마친 직원의 얼굴이 고바야시 사치코 씨처럼 보였다. 그러나 거기서 무너지면 텔레비전은 살 수 없다.

"……D, DVD 플레이어도 같이 살 건데요(많이 살 거라고!)."

한껏 중요한 고객인 척해보지만, 상대는 "아, 그러시군요" 라며 시큰둥했다.

"으음, 저어, 모처럼 사는 거니까 아무래도 블루레이 내장형이 좋겠죠?"

"인기는 있습니다."

"집에 DVD가 꽤 많은 편입니다."

"그러시군요."

"네. 그래서 이왕이면 지금 가지고 있는 DVD들을 깨끗한 블루레이 화면으로 보고 싶어서요."

"네?"

독자 여러분 중에 이 대화의 재미를 이해하지 못하는 분이 한 분이라도 더 많기를 간절히 바란다. 그리고 그 재미를 아는 분은 부디 웃지 말아 주시기 바란다. 나는 텔레비전을 사기 위해 필사적이었던 것뿐이다. 또한 무슨 말인지 모르시는 분은 나와 같은 처지다. 그러나 절대 좌절하지 마시길. 블루레이니 뭐니 하는 걸 몰라도 언젠가는 반드시 텔레비전을 살 수 있다!

요즘은 블루레이가 뭔지 모르는 사람이 압도적으로 적을 테지만, 개중에는 나처럼 모르는 사람도 있을지 모르니 부끄러움을 무릅쓰고 간단히 설명하고자 한다.

보통 DVD는 제아무리 블루레이 내장형 텔레비전으로 봐도 아무 소용이 없다!

내가 직원에게 건넸던 말은 '값싼 달걀도 이 냄비에 삶으면 오골계 알로 변하는 거죠?'라는 수준의 얼간이 같은 질문이었던 셈이다.

결국 나는 그날 무사히 텔레비전과 '블루레이!' DVD 플레이어를 샀다. 이쪽에서 순순히 솔직하게 밝히면, 상대도 괴물은 아니니 매우 친절하고 자상하게 가르쳐준다. 3년간이나 녹화를 못했고, 이제야 간신히 조작할 수 있게 된 DVD 플레이어가 고장이 나버렸다는 전말을 털어놓았을 무렵에는 점

202

원도 내게 마음을 열어준 듯했다.

한 시간이 넘게 고르고 선택해서 마침내 계산대로 향했을 때는, 기분 탓인지는 몰라도 안내해준 직원의 뒷모습이 '애 많이 썼어'라고 칭찬해주는 것처럼 느껴졌다.

다시 한 번 텔레비전을 사러 가라고 시키면 거절하겠지만, 쇼핑도 그리 나쁘지 않다는 생각이 든, 봄을 코앞에 둔 밤이었다.

미술관, 일본

역시나 불혹의 나이도 지나고 보니 동심으로 돌아가기도 힘들어진다.

돌아갈 필요도 없지 않느냐고 한다면 딱히 대답할 말은 없지만, 하루하루 일에 쫓겨서 본의 아니게 서로의 의중을 떠보는 데 시간을 빼앗기다 보면, 가끔은 순진무구하게 야산을 휘저으며 뛰어다니고 싶어진다.

나쓰메 소세키의 《풀베개》의 서두는 아니지만,

이지(理智)에만 치우치면 모가 난다. 감정에 휩쓸리면 이리

저리 표류한다. 고집을 부리면 거북해진다. 여하튼 인간 세
상은 살기 어렵다.

이런 얘기는 자주 하므로, '순수'는 미덕이라고 가르쳐주신
그리운 옛 은사에게 "저, 순진하면 문제만 생기던데……"라고
따지고 싶어지기도 한다.

처음부터 이렇게 푸념만 늘어놓으면, 무슨 안 좋은 일이라
도 있었나 하고 독자 여러분이 걱정하실 것 같은데, 실제로는
지극히 평온하고 최대한 문제가 안 일어나게 생활하기 때문
에 첫머리에서 말했듯이 '가끔은 동심으로 돌아가고 싶은' 감
상적인 기분도 드는 것 같다.

동심 얘기가 나왔으니 말인데, 바로 지난달에 아주 유쾌한
장소에 다녀왔다.

후지 산 남동쪽의 시즈오카 현, '스루가다이라'라 불리는
고원에 있는 '클레마티스 언덕'이라는 곳이다.

이즈의 산들이 바라다보이는 이 언덕은 '베르나르 뷔페 미
술관', 스기모토 히로시 씨가 내부 설계를 맡은 '이즈 포토 뮤
지엄', '이노우에 야스시 문학관'을 비롯해 정원과 레스토랑
등이 일체화된 복합 문화시설이다. 그중에서도 압권이었던
것은 조각가 줄리아노 반지 작품의 발자취를 조망할 수 있는

'반지 조각정원 미술관'이었다.

보통 국내여행을 할 때의 첫 번째 목적은 방문하는 고장을 산책하거나 유명한 온천여관에 머무는 것이고, 돌아오는 길에 근처 미술관 같은 곳을 불쑥 들를 때가 있다.

'클레마티스 언덕'도 오랜만에 온천여행을 마친 후 숙소에 있는 팸플릿을 보고 '잠깐 들러볼까' 하는 마음으로 향했는데, 예상 밖으로 기분 좋은 곳이라서 정신을 차려보니 해 질 무렵까지 원내를 어슬렁거리고 있었다.

'반지 조각정원 미술관'은 이름 그대로, '클레마티스 가든'이라 불리는 아름다운 잔디 정원 안에 마련되어 있었다.

바라보기만 해도 신나게 달려보고 싶은 충동이 일 정도로 드넓은 잔디가 펼쳐져 있고, 그 속에 반지의 조각 작품이 띄엄띄엄(매우 여유롭고 넉넉한 배치로) 전시되어 있다.

'튜브 속 여자', '벽을 기어오르는 남자' 등등 조각에는 문외한인 내가 봐도 흥미가 절로 생겨나는 작품들이 많았다.

다양한 소재들을 조합하고, 언뜻 보기에는 난해한 것 같지도 않은데, 왜 그런지 작품 앞에 서면 '그래서? 이 남자(여자)는 대체 뭘 하고 싶은 거지?' '이 조각을 어떻게 봐야 할까?'라는 생각에 잠기게 만들었다.

마치 어릴 때 처음으로 본 공원 놀이기구 앞에서 '어? 이건 어떻게 노는 도구지?'라며 궁금해하던 느낌과 비슷하다.

시내 미술관이나 교토의 절 전시회를 방문할 때와 비교하면, 이렇게 온천지 근처의 미술관을 훌쩍 들를 경우는 똑같이 작품 감상이 목적이라도 왠지 미묘하게 마음가짐이 달라지는 것 같다.

여행길에 잠깐 들른 것뿐이라고 하면 미안한 말이겠지만, 앞에서도 썼듯이 아무래도 부차적인 목적이게 마련이다. 그렇다 보니 준비 부족으로 휑하니 비어 있는 마음속으로 물밀듯이 강렬한 인상이 밀려들어 온다.

홋카이도 여행을 했을 때도 이사무 노구치의 '모에레누마 공원'을 훌쩍 방문한 적이 있다.

안타깝게도 겨울에 찾은 홋카이도라 가이드북에 실려 있던, 웅대한 경치 속에서 언덕 정상까지 이어지는 아름다운 외길은 눈 속에 파묻혀버려서 어디가 어딘지 전혀 구별할 수 없었다. 그래도 폭설로 뒤덮인 설원 속에 띄엄띄엄 나타났다 사라지는 건물들을 보며 걷는 길은 마치 눈 속에 파묻힌 보석을 찾으며 돌아다니는 것처럼 유쾌했다.

가나자와에 갔을 때도 약속시간까지 여유가 좀 있어서 근처에 있는 '가나자와 21세기 미술관'에서 차를 마셨다. 세지마 가즈요, 니시자와 류에 두 분이 설계한 건물은 고도(古都)

가나자와의 풍경을 아주 새롭게 바꿔버릴 만큼 우아하고 아름다웠고, 단지 커피 한 잔을 마시는 것뿐인데도 매우 특별한 느낌을 갖게 해주는 장소였다.

그 미술관에 전시된 '수영장 바닥에서 올려다본 하늘' 같은 작품은 나잇값도 못하고 몇 번씩이나 지상과 지하를 오르락내리락하며 구경할 정도였다.

여기까지 쓰고 나니 '내친김에, 내친김에 하면서 각지의 미술관을 꽤 많이 다녔구나' 하는 생각이 새삼 든다.

미술관에만 한정시키지 않고 비교적 좋아하는 현대 건축물 구경까지 보태면, 전국 각지의 여행지를 찾을 때마다 '내친김에' 늘 어딘가에 들렀던 것 같은 기분도 든다.

그런데 왜 이런 유형의 미술관들은 결코 편리하다고 할 수 없는 장소에 많은 걸까. '가나자와 21세기 미술관' 같은 도시형 미술관은 별개지만, 개중에는 단 한 대뿐인 전용버스로밖에 못 가는 장소도 적지 않다.

그러니 당연히 방문한 사람들 중에는 '내친김에' 같은 어정쩡한 마음가짐이 아니라 그곳에 가기 위해 멀리서 찾아온 사람도 분명 있었을 것이다.

그런데도 미술관 카페나 레스토랑, 드넓은 정원에서 간간이 들려오는 방문자들의 대화는 "슬슬 출발하지 않으면 여관

저녁밥 시간에 늦겠어", "꼭 이런 데 올 때만 그림이라도 좀 배워볼까 싶다니까", "저건 얼마나 할까?", "저런 건 나도 그리겠다" 등등 역시나 나 같은 '내친김 파'가 더 많은 것 같은 기분도 든다.

고상한 미술관에서 우연히 스쳐 지났다기보다 동네 공중목욕탕에서 이웃들 얘기를 듣는 느낌에 가깝다. 도심에 있는 미술관처럼 작품의 의미를 안다는 듯한 표정이나 조예가 깊어 보이는 견학자도 없으니 어깨에 괜한 힘이 들어갈 필요도 없어서 마음도 편하다.

미술에 별 흥미가 없는데도 결코 편리하지 않은 장소까지 일부러 찾아오는 것이다. 내가 그곳에서 뭘 찾고자 했는지 모르듯이, 그들 역시 돌아가는 버스나 자동차에서 어슬렁거리며 둘러본 그림이나 조각과 입장료를 저울질해볼지도 모른다.

예술 감상은 아마도 '내친김에' 해서는 안 될 것 같다. 아니, 아마도가 아니라 분명 안 된다고 생각한다. 그렇긴 하지만 '내친김'이기 때문에 보이는 것도 있지 않을까.

그러고 보니 나쓰메 소세키의 《풀베개》는 다음과 같은 문장으로 이어진다.

살기 고달파지면 살기 편한 곳으로 옮기고 싶어진다. 어디로 이사해본들 살기 쉽지 않다고 깨달았을 때, 시가 읊어지고 그림이 그려진다.

이 세상을 만든 것은 신도 아니고 귀신도 아니다. 역시 언뜻 언뜻 스치는 이웃사촌이고 평범한 사람들이다. 평범한 이들이 만든 인간 세상이 살기 어렵다고 해서 옮겨갈 나라가 있을 리 없다. 만약 있다면 사람답지 못한 나라로 갈 수밖에 없다. 사람답지 못한 나라는 인간 세상보다 훨씬 살기 팍팍할 것이다.

심천, 중국

지난달에 갑자기 이틀 동안 시간이 휑하니 비었다.

팔자 좋은 사람으로 보일지도 모르지만, 최근 몇 년간 그런 여유로움을 맛본 적이 없으니 부디 너그러이 이해해주기 바란다.

보통은 갑작스레 이틀씩이나 시간이 비면 잠시 여행이라도 다녀올까 생각하겠지만, 이번에는 그 빈 시간이 여행지에서 생겼다.

장소는 홍콩. 주말에 업무상 잠깐 볼일이 있어서 왔는데, 하필이면 그 주말이 일본의 연휴와 겹치는 바람에 적절한 시간대에 비행기 표를 구할 수 없어서 일정보다 이틀이나 앞당겨 탑승했기 때문이다.

모처럼 홍콩에 갔으니 홍콩을 즐기면 좋겠지만, 마음이란 게 참 희한해서 '이번 주말에 홍콩을 즐기자!'고 생각하고 있던 터라 아무래도 내키질 않았다. 그런 까닭에 혼자 하는 여행이라 딱히 걸릴 것도 없고 편하니 잠깐 여행이라도 가볼까 (여행지에서) 생각했다.

몇 시간 후, 정신을 차려보니 스타벅스 테라스 좌석에서 커피를 마시고 있었다. 홍콩도 구룡반도 쪽도 아닌 심천이라는 도시에서.

잘 아시겠지만, 홍콩에서 가는 경우에는 '로후 역'에서 출국 수속을, 심천 쪽에서 입국 수속을 밟고 들어간다. 당연히 여권에도 각각의 도장이 찍힌다.

'심천에 가보자!'라며 홍콩에서 올라탄 교통수단이 평범한 지하철(참고로 40분 만에 도착한다)이었기 때문에 도쿄 감각으로 말하자면, 시부야 언저리에서 긴자 선을 타고 아사쿠사라도 가는 느낌이라고 할까. 그러나 아사쿠사라면 지하철 출구를 나서자마자 아사쿠사 절의 시끌벅적한 나카미세 거리가 나오겠지만, 이쪽은 위엄 있는 평범한 출입국 관리소 창구들이 늘어서 있다.

일단 심천 땅으로 들어선 후, 역 앞 광장에서 한숨 돌렸다. 분수에서 뛰노는 아이들과 젊은 엄마. 그 분수에 손을 씻는 청년(아마도 먹고 있던 소시지 기름에 더러워진 모양이다). 여기저기 설치된 벤치는 큰 짐을 끌어안은 대가족들이 모두 점령하고 있었다. 중국의 신흥도시인 만큼 당연히 사람도 많고 활기도 넘쳤다.

당일치기 여행을 할 작정이었는데, 5분 정도 광장을 바라보는 사이, 모처럼 왔으니 하룻밤 묵고 갈까 하는 마음이 들었다. 아마도 거리가 마음에 들었기 때문일 것이다(나 자신도 이유가 뭔지는 잘 모르겠지만).

다행히 눈앞에 보이는 호텔에 체크인할 수 있어서 곧바로 거리 구경을 나섰다. 맛있는 냄새가 풍기는 포장마차를 곁눈으로 보며, 마사지 가게의 화려한 간판을 바라보며……. 요즘은 낯선 거리를 걷다 보면, 나도 모르게 NHK 여행 프로그램인 〈세계와 만나는 거리 걷기〉의 해설을 내 멋대로 중얼거리곤 한다.

호텔에서 받은 심천 지도를 봐가며 한 시간쯤 돌아다녔다.

도착한 곳은 유명 브랜드들이 죽 늘어선 패션 빌딩이었고, 그 뒤쪽에 스타벅스가 있었다. 테라스 좌석이 비어 있어서 커피를 사 들고 그곳에 자리를 잡았다.

옆자리에서는 아마도 미국인인 듯 보이는 동년배 사업가 두 사람과 중국 기업(이쪽 역시 아마도)의 젊은 사장이 통역하는 중국 여성을 사이에 앉히고 한창 격렬하게 가격 협상을 하는 중이었다. 무엇을 사고파는지는 몰라도 "말도 안 돼! 내가 담당하는 업체 중에서 이 회사의 이 가격이 가장 싸다니까요!"라며 미국 사업가들에게 한탄하는 (무척이나) 드라마틱한 여성 통역자의 모습이 재미있었다.

왠지 이렇게 스타벅스 테라스 자리에서 결정한 일이 몇 년 후에는 눈앞의 고층빌딩처럼 변하는 건 아닐까 하는 감개무량한 느낌마저 들었다.

점점 더 열기를 더해가는 협상을 훔쳐 듣는 것도 싫증이 나서 호텔 직원이 (이쪽도 무척이나) 적극적으로 추천해준 '세계의 창'이라는 테마파크로 향하기로 했다.

그곳은 세계 명소들의(예를 들면 에펠 탑이나 앙코르와트 유적이나 뉴욕의 마천루 등) 미니어처를 구경하며 걸어 다니는 거대한 테마파크로, 2004년에 개봉된 지아 장커 감독의 〈세계〉에서도(실제로는 베이징 교외의 '세계공원'이 무대) 묘사되었다.

그 당시에는 '북경을 떠나지 않고 세계를 돌자'라는 캐치프레이즈를 내건 그 테마파크로 모여드는 중국 손님들을 왜 그런지 애절한 심정으로 바라봤는데, 이번에 '세계의 창'을 방문하자 느낌이 완전히 달라졌다.

테마파크 안에는 수많은 중국인 관광객들의 모습이 보였다. 에펠 탑 아래, 뉴욕의 마천루 옆으로 수많은 중국 관광객들이 즐겁게 견학을 다녔다.

불과 6년 전에는 애절한 풍경이었는데, 완전히 다른 모습으로 눈에 비쳤다. 가공의 세계를 구경하며 돌던, 좀처럼 베이징을 떠날 수 없었던 사람들의 모습이, 6년이 지난 지금은 실제로 세계 속을 활보하는 걱정 근심 없는 밝은 사람들로 보였던 것이다.

잠깐 들여다보고 돌아갈 생각이었는데, 정신을 차려보니 저녁 쇼가 시작될 때까지 원내를 이리저리 어슬렁거리고 있었다. 저녁 쇼도 살짝만 구경하다 갈 작정이었는데, 현란하고 호화로운 의상을 차려입은 출연자들이 무대 위에 모습을 드러낸 순간, 그 자리에 꼼짝없이 못 박혀서 매점에서 산 옥수수를 베어 먹으며 결국 마지막까지 구경했다. 그러고 보니 오른쪽 옆에 아주머니가 있었는데, 그 사람이 뭐라고 말을 건넸다.

옥수수를 가리켰으니 아마도 어디서 샀냐고 물었을 테지만, 이쪽은 중국어를 할 줄 모른다. '니하오'와 '셰셰' 외에 웬일인지 유일하게 아는 말인 "워팅부동(무슨 말인지 모릅니다)"이라고 대답했는데도, 무대 위의 장면이 바뀔 때마다 (아마도) "저건 무슨 얘기지?"라고 물었다.

적당히 포기해주면 고마울 텐데, 아주머니도 무대의 춤에 흥분했는지 무슨 변화가 있을 때마다 말을 건넸다. 나는 그저 '워팅부동'만 되풀이할 뿐이었다.

그러나 쇼 마지막에 밤하늘로 쏘아 올린 불꽃을 올려다봤을 때는 옆의 아주머니와 하나가 되어 열렬한 박수갈채를 보냈다.

참고로 이 쇼가 대단한 이유는 일단 무대에 등장하는 출연자 숫자가 장난이 아니다. 언뜻 보기에도 3백 명은 족히 될 것 같은 출연자들이 화려하게 춤을 추고, 이따금 무대에서 흘러넘친 듯이 관객석까지 나온다.

다시 말해 일본 극장으로 치면 관객보다 출연자 숫자가 더 많은 상황이겠지만, 그곳은 중국이다 보니 관객석에는 그보다 훨씬 많은 관객들이 있었다.

당일치기 예정으로 떠났던 심천 여행이었지만, 점점 더 즐거운 시간을 보낼 수 있었다.

그곳에서 나와 번화가에서 조금 떨어진 곳에 있는 지하철 역을 찾아갈 때였는데, 계속 헤매다 결국 길을 지나던 한 청년에게 물었다.

청년은 오른쪽 다리가 불편해서 목발을 짚고 있었다. 짧은 영어로 물어보자, 고개를 갸웃거렸다. 지도를 꺼내 "저어, 여기로 가고 싶은데요"라며 손가락으로 가리키자, 그제야 고개를 끄덕거렸다.

청년은 손짓 발짓을 해가며 지하철역이 있는 장소를 가르쳐주었지만, 그곳에서 가자면 꽤 복잡한 듯해서 이번에는 내 쪽에서 "똑바로? 오른쪽? 어? 아래?"라며 고개를 갸웃거리고 말았다.

일단 감사 인사나 하고 포기할까 싶었다. 그런데 그때 청년이 살짝 귀찮은 표정을 지으면서도 자기가 방금 걸어온 길 쪽으로 되돌아가기 시작했다.

역까지 데려다주려는 것 같았다. 미안해서 거절하려 했지만, 어떻게 말해야 하는지도 몰랐다. 청년과 나란히 서서 3분쯤 천천히 걸었다. 청년이 큰길 앞쪽을 손가락으로 가리켰다. 거기에 지하철역이 보였다.

급성장하는 심천의 한 모퉁이를 입을 굳게 다문 채 청년과 같이 몹시도 천천히 걸었던 그 3분이 지금은 무슨 까닭인지 가장 기억에 남는 추억이 되었다.

《악인》을 돌아보는 여행

소설을 쓰기 위해 취재를 하러 가는 일은 많다.

예를 들면 대만이나 오미야, 가까운 곳으로는 시나가와 부두나 히비야 공원을 찾는다. 소설의 무대로 삼는 곳은 기본적으로 내가 좋아하거나 마음이 가는 장소가 많다. 그렇기 때문에 현지를 방문해서 소설을 구상한다기보다는 이미 완성한 이야기를 끼워 넣기 위해 다시 찾는 일이 많다.

이유야 어떻든 이처럼 집필 전에 무대가 될 장소를 방문하는 것을 일반적으로 취재 여행이라 부르는데, 딱 한 번 집필 후 (그것도 이미 책이 출판된 후)에 소설의 무대가 되었던 장소를 돌아본 적이 있다. 이런 경우는 무슨 여행이라고 불러야 할까.

찾아간 곳은 규슈 북부, 〈아사히 신문〉 석간에 연재했던 《악인》이라는 소설의 무대였다.

그 이야기를 간단히 소개하면, 하카타에서 보험설계사로 일하던 젊은 여성의 시체가 미쓰세 고개에서 발견된다. 용의자로 지목된 사람은 후쿠오카에 사는 유복한 대학생과 나가사키 어촌에 사는 토목공. 거기에 사가의 신사복 매장에서 근무하는 여성이 끼어들면서 이야기는 도망극에서 순애극으로 바뀌어간다.

줄거리를 간략하게 쓰는 것뿐인데도 하카타, 미쓰세 고개, 사가 평야, 나가사키 어촌 등 규슈 북부의 다양한 풍경들이 모습을 드러낸다.

'《악인》의 무대가 된 장소를 돌아보자!'라고 여행을 제안한 사람은 데뷔 때부터 신세를 많이 진 편집자 S씨였고, 거기에 M씨, Y씨라는 다른 편집자가 가세했으며, 이왕 가는 길이니 단골 술집의 여주인인 I씨에게도 권하자고 해서 여행객은 눈 깜짝할 사이에 다섯 명으로 늘어났다. 그리고 그다음 주에는 여행 소식을 전해 들은 내 고향 친구인 T까지 나가사키에서 합류하기로 결정했다.

후쿠오카에서 사가, 그리고 나가사키. 그렇게 모처럼 나선

길이니 맛있는 음식이라도 먹고 싶게 마련이다. 후쿠오카의 나가하마 라면, 철판 만두. 사가의 소고기 찜밥, 요부코의 오징어회, 가리쓰 버거. 나가사키에서는 엔가와(광어나 가자미의 지느러미 살―옮긴이)를 만끽하자!

잇달아 먹을거리가 결정되자, 이번에는 누가 말을 꺼냈는지 '뭐니 뭐니 해도 온천은 빼놓을 수 없겠죠'라는 쪽으로 이야기가 흘러갔다.

그렇다면 우레시노 온천에서는 반드시 1박, 그 후에는 운젠까지 걸음을 옮길 것이냐, 히라도 부근에서 드라이브를 할 것이냐.

맨 처음 목적은 반쯤 잊어버린 채 각자가 가이드북을 사들고 하네다 공항을 출발한 날은 규슈 지방에서는 드물게 눈이 쌓인 겨울날이었다.

후쿠오카 공항에 도착한 후, 렌터카로 시내로 향했다.

모두 웬만큼 나이도 먹은 어른들이었지만, 지친 일상에서 탈출한 탓인지 차 안은 모든 걸 깨끗이 날려버린 것처럼 마냥 밝았다. 예정대로 가장 먼저 나가하마 라면으로 배를 두둑이 채우고, 소설 속에서 사건의 발단이 되었던 시내에 자리한 히가시 공원으로 향했다.

"어쩐지 상상했던 거랑은 전혀 다르네요. 이보다 숲이 훨씬 울창한 공원인 줄 알았는데."

이 공원은 소설 속에서는 인기척도 없고 바람에 흔들리는 전깃줄이 으스스한 소리를 내는 어두운 밤의 공원으로 묘사되었지만, 도착한 때가 점심 무렵이라 공원 안에서는 떠들썩한 아이들 목소리만 울려 퍼졌다.

살짝 불만스러워하는 여행객들을 달래며 소설 속 등장인물들이 살았던 곳으로 설정한 장소 몇 군데를 더 돌아보았다.

당연히 가공의 이야기이므로 보험설계사가 사는 기숙사가 실제로 있을 리도 없고 유복한 대학생이 살았던, 부모가 사준 고급 맨션이 거기에 서 있을 리도 없었다. 그런데도 나는 그 주변에서 기묘한 감각에 휩싸이고 말았다.

"이 주변의 저런 느낌의 맨션에서 살고 있는 설정이었어요"라고 설명하면서 올려다본 고층 맨션에서 내가 묘사했던 대학생이 당장이라도 실실 웃으며 걸어 나올 것 같은 기분이 들었던 것이다.

그런 감각은 후쿠오카를 벗어나 사가와 나가사키를 돌아보는 동안에도 줄곧 남아 있었다. 남아 있는 것뿐인가, 이야기(여행)가 진행되어 갈수록 점점 더 강해졌다.

사가 현 요부코 항에 있는 유명한 오징어 요릿집에서 작중 등장인물인 주인공 남자가 사랑하는 여자에게 자신의 죄를 고백하는 장면이 있다. 이번 여행에서는 그 가게에도 들렀는데, 공교롭게도 자리가 꽉 차서 입구에서 한동안 기다려야 했다. 그때 대기실 벤치에 젊은 남녀 한 쌍이 오도카니 앉아 있었다. 순박하고 조용해 보이는 연인이었는데, 오징어 요릿집에 빈자리가 나길 기다리며 이따금 미소를 주고받았고, 차갑게 언 손을 꼭 움켜쥐었다.

소설은 이미 완성되었다. 그런데도 그들의 모습을 바라보고 있으니 내가 마치 그들을 모델로 소설을 쓴 것 같은 착각에 빠져들었다.

사가 평야의 가도 변에서 전원 풍경 속에 우뚝 선 신사복 매장에 들렀을 때는 있을 리도 없는 여성을 두리번거리며 찾고 있었다. 그녀가 어떤 생활을 하고 있고, 어떤 꿈을 꾸고, 어떤 외로움을 견디고 있는지, 내가 쓴 내용이면서도 나라면 그 슬픔을 위로해줄 수 있을 것 같은, 그런 모순된 감상에 젖어들고 만 것이다.

반쯤은 재미 삼아 나섰던 이번 여행에서 가장 인상 깊게 남았던 장소는 미쓰세 고개였다.

《악인》이라는 작품은 난생처음 살인사건을 소재로 쓴 소설이었다. 살인사건을 소재로 했기 때문에 작품 안에서는 당연히 살인이 일어난다.

처음 글을 쓰기 시작했을 무렵에는 살인사건을 다룬 소설은 쓸어버릴 정도로 많고, 나도 충분히 쓸 수 있을 거라 생각했지만, 실제로 쓰기 시작하자 소설 속의 일이긴 해도 (추리소설 팬들은 웃을지도 모르지만) 한 인간을 죽인다는 것이 얼마나 큰일인지 새삼 깨달았다.

여행으로 방문한 미쓰세 고개는 규슈에서는 드물게 내린 눈에 덮여 깊고 그윽한 분위기를 자아내고 있었다. 고개 정상에 차를 세우고, 눈길에 발자국을 찍으며 전망 좋은 곳을 찾았다.

눈 덮인 세후리 산맥의 경치는 이루 말로 다 표현하기 어렵다. '아름답다'는 말을 쓰는 거야 간단하지만, 그것만으로는 도저히 부족하다. '아름답다'라는 말이 만들어진 내력까지 모두 포함된 듯한 경치였고, 작품에서는 그런 풍경 속에서 한 여성이 살해된 것이다.

맛있는 음식을 먹고 온천에 몸을 담그며 소설의 무대를 돌아보자고 반쯤 재미 삼아 시작했지만, 정신을 차려보니 소설을 쓴다는 것이 어떤 의미인지 새삼 깊이 되돌아보게 해주는 여행이었다.

이번 여행에서 가장 큰 수확은 규슈 각지의 아름다운 경치를 알아차린 거라고 생각한다. 소설을 쓰기 전에도 물론 여러 번 취재 여행을 떠났고 똑같은 장소를 돌아봤지만, 그때는 조수석에 항상 '이야기'라는 동승자가 함께했다. 그 동승자에게 규슈라는 토지를 보여주는 것이 목적이었다고 할 수도 있다.

그러나 이번에는 그런 동승자가 없었다. 눈앞에 펼쳐지는 규슈 북부의 아름다운 경치에서 그 '이야기'를 떼어냈을 때 눈에 띈 것은 놀랍도록 넉넉하고 소박하며 생명력으로 가득한 풍경이었다.

강 수면에 네온 불빛을 반짝이는 북적거리는 후쿠오카의 나카스. 드넓은 하늘과 풍요로운 대지를 절반으로 갈라놓는 지평선이 한없이 펼쳐지는 사가 평야. 하얀 눈으로 뒤덮인 미쓰세 고개. 푸릇푸릇한 산속으로 뻗은 고속도로. 길고양이가 해바라기를 즐기는 나가사키의 어촌.

입에 넣은 모든 음식이 신선하고 풍요로웠다. 귀에 접한 모든 것이 소박하고 따뜻했다. 그리고 눈에 들어온 모든 것이 아름답고 생기가 넘쳤다.

《악인》을 만나는 여행

　고토후쿠에 섬 호텔에서 맞은 이틀째 아침도 구름이 낮고 짙게 깔린 겨울 하늘이라 6층 창가에서 내려다보이는 후쿠에 항은 어딘지 모르게 한산하고 살풍경했다.

　창을 열자, 살을 에는 듯한 찬바람이 밀려들었다. 난방으로 건조해진 객실에 눈 깜짝할 사이에 겨울 바다가 밀려왔다.

　그날 역시 하루 전과 똑같은 장소로 향할 예정이었다. 집합 시간은 로비에서 오전 9시. 호텔이 있는 섬 중심부에서 자동차로 50분가량 걸리는 곳이었다.

　하루 전에 후쿠오카 공항에서 올라탄 것은 40명 정원인 프로펠러기였다. 45분간의 짧은 비행. 작은 비행기라 조금 과장하면 새가 어떤 경치를 바라보며 날아가는지 알 것 같은 기분이었다.

이륙한 비행기는 규슈 본토에서 새파란 동중국해 위로 날아갔다.

30분쯤 지나자, 크고 작은 140개 남짓한 섬들로 이루어진 고토 열도가 보이기 시작했다. 새파란 바다와 리아스식 해변의 아름다운 단애(斷崖)의 대비. 깎아지른 듯한 낭떠러지로 밀려드는 새하얀 파도와 섬들의 아름다운 숲. 판에 박힌 진부한 표현이겠지만, 비행기 창밖으로 흘러가는 섬들의 풍경은 아름다운 병풍 그림을 바라보는 것 같았다.

집합 시간에 호텔 로비로 내려갔다. 동행자들은 이미 모여 있었고, 짧은 인사를 주고받으며 택시에 올라탔다.

호텔 부근에는 모스 버거와 편의점, 파친코도 띄엄띄엄 보이지만, 중심부에서 벗어나면 도로는 커브가 많은 해변도로로 변하고, 긴 터널을 빠져나간 후부터는 띄엄띄엄 관광 명소를 알리는 간판이 서 있을 뿐 살풍경한 산길로 변한다.

호텔에서 약 50분. 겨울 아침의 드라이브는 계속되었다.

하루 전에 처음 그곳으로 향했을 때, 공항에서 데려다준 운전기사가 "이제 거의 다 왔습니다" 하고 가르쳐준 다음부터가 길었다.

　꾸불꾸불한 산길은 끝없이 이어지고, 찌를 듯이 치솟은 산 너머에 쓰시마 해협이 있다는 것은 알지만, 좀처럼 그 모습을 드러내지 않았다. 그리고 간신히 산 정상에 다가갔을 무렵에는 길까지 갑자기 뚝 끊겨버렸다.

　전날과 마찬가지로 이날 아침에도 길이 뚝 끊어진 장소에서 차에서 내렸다. 목적지는 그곳에서 30분이나 더 걸어가야 하는 곳이다.

　산책길이라고 쓰여 있긴 하지만, 가파른 언덕길에 통나무 계단을 만들어놓았을 뿐이고, 비포장 길이었다. 짐승들이 다니는 길목에 겨우 길을 터놓은 것 같은 산책길 바닥에는 바위조각과 작은 돌멩이들이 굴러다니고, 가끔은 질퍽거리는 곳도 있었다. 게다가 기복도 매우 심해서 비탈길로 내려가나 싶으면, 금세 숨이 턱까지 차오를 만큼 가파른 오르막길이 시작된다.

　울창한 나무들 속으로 이따금 겨울 하늘이 올려다보였다. 처음 걷기 시작했을 때는 간혹 대화를 나누던 동행자들도 한 사람이 처지고 또 한 사람이 처져서 정신을 차려보니 각자 떨어져서 걸어가고 있었다.

　그저 묵묵히 산속을 계속 걸었다. 긴 나무 터널을 빠져나가자, 별안간 하늘이 활짝 열려서 무심코 발걸음까지 빨라졌다. 쓰시마 해협에서 불어오는 찬바람이 숨이 차오른 몸을 세차게 때렸다. 그래도 난간에서 몸을 내밀어보니 섬뜩할 정도로 새파란 쓰시마 해협과 곶의 단애에 우뚝 치솟은 하얀 오세자키 등대가 보였다.

등대까지는 그곳에서도 한참 멀었다. 가파른 계단을 내려가 아름다운 참억새 들판을 가로지르고, 마지막에는 또다시 길고 가파른 계단을 올라가야 한다.

겨울날의 쓰시마 해협은 서글퍼질 만큼 혹독하다. 매서운 바닷바람은 살을 에듯 가차 없이 불어닥치고, 웅대한 수평선이 원망스러워질 정도로 눈앞에는 아무것도 없고, 그저 과묵한 등대만이 우리를 기다린다.

그 길을 우리보다 앞서 (우리보다) 가혹한 상황에서 지나간 사람들이 있다. 바로 영화 〈악인〉의 제작진들인데, 그들은 이미 일주일간이나 이 등대를 매일같이 오갔다.

무거운 촬영용 기자재를 매일 아침마다 품에 안고서 옮겼고, 촬영 후에는 시커먼 어둠이 깔린 산길로 역시나 무거운 기자재를 안고 돌아왔다. 밤에는 피로와 추위 때문에 손전등을 든 손까지 떨린다고 한다. 그런데도 영화 한 편을 만들기 위해 모두가 묵묵히 체력이 한계에 이를 때까지 이 산길을 걷는다.

그들 중에는 쓰마부키 사토시 씨와 후카쓰 에리 씨가 있다. 두 사람은 살인을 저지른 청년 시미즈 유이치와 그를 사랑한 여인 마고메 미쓰요를 각각 연기했다.

그들이 앞서 간 산길을 지나 등대를 향해 걸어가면서 '영화 촬영 현장으로 간다'는 생각은 머릿속에 있지만, 왠지 그 앞의 등대에 있는 사람이 진짜 살인범과 그를 사랑해서 함께 도망친 여인일 것 같은 기분을 떨쳐낼 수 없었다. 촬영을 견학하러 간다는 것은 알면서도 그곳에서 기다리는 사람이 쓰마부키 씨나 후카쓰 씨가 아니라 살인을 저지른 시미즈 유이치이고 그를 사랑한 마고메 미쓰요라는 생각을 떨쳐낼 수 없었다.

그 정도로 전날 만났던 두 사람의 모습에서는 절절한 감정이 전해졌다. 그곳은 필사적으로 살아온 남자와 여자가 필사적으로 도망쳐 온 단애의 등대였다.

그전에도 자작 소설이 영화화되어서 몇 번인가 촬영 현장을 견학한 경험은 있다. 그러나 이번 같은 기분이 든 것은 처음이었다.

배역을 만들어내는 것이라고 말해버리면 그뿐이겠지만, 〈악인〉의 쓰마부키 씨와 후카쓰 씨에게는 그것을 넘어서는 뭔가가 느껴졌다. 도망의 끝자락에서 두 사람의 뺨은 움푹 파였고,

그들은 추위에 곱은 더러운 손을 서로 움켜잡았다. 옆에서 보는 것만으로도 가슴이 메어오는 광경이었다.

규슈의 외딴 시골에 사는, 결코 혜택받았다고 할 수 없는 과묵한 청년의 슬픔과 분노를 눈부신 경력을 가진 쓰마부키 씨가 어떻게 이 정도까지 소화해낼 수 있을까. 마찬가지로 규슈의 외진 시골에서 직장과 집만을 오가는 생활을 하는 여성의 삶과 외로움을 평소에는 세상 여자들의 선망을 한 몸에 받는 후카쓰 씨가 어쩌면 이렇게까지 잘 표현해낼 수 있을까.

나는 난생처음으로 연기가 역할(캐릭터)을 연기하는 게 아니라 인간을 연기하는 것이라는 사실을 깨달은 느낌이었다.

《악인》은 빛이 비치지 않는 인생을 살아가는 남자와 여자의 이야기다. 아무리 발버둥을 쳐도 현실 세계에서는 승산이 없는 두 사람의 이야기다. 그러나 현실 세계에서는 승산이 없는 그 두 사람이 유일하게 이 영화 속에서만은 그 누구보다도 눈부시게 보였다. 그곳이 바로 이 등대라는 생각이 들었다. 그 순간만이라도 좋다. 두 사람이 눈부시게 빛나기를 간절히 바라는 쓰마부키 씨와 후카쓰 씨, 그리고 감독을 비롯한 제작진 모두의 강렬한 열망이 쓰시마 해협에서 불어오는 매서운 바람에 맞서고 있었다.

오세자키 등대 아래에 서자, 눈앞에 보이는 것은 새파란 겨울 바다뿐이었다. 머나먼 수평선은 완만한 원을 그렸고, 귀를 때리는 것은 매서운 바람소리뿐이었다. 돌아보니 이제 막 걸어온 긴 산길이 뻗어 있었다. 질척거리는 길에는 수많은 발자국이 찍혀 있었다.

《악인》이라는 소설은 남몰래 조용히 살아온 젊은이들이 소중한 사람을 위해 필사적으로 일어서려는 이야기이기도 하다. 그런 이야기를 필사적으로 영화로 만들고자 하는 사람들이 아침저녁으로 오가며 찍어놓은 발자국이 오세자키 등대에는 아직도 남아 있다.

고토 열도 각지에는 아름다운 해수욕장이 널려 있고, 개성적인 교회도 띄엄띄엄 서 있고, 생선도 맛있다. 혹시 아름다운 고토를 방문할 기회가 생기면, 오세자키 등대에도 걸음을 옮겨주길 바란다. 시미즈 유이치와 마고메 미쓰요라는 남녀가 인생에서 단 한 번 주역이 될 수 있었던 등대를 부디 직접 봐주셨으면 하는 바람에서다.

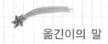

옮긴이의 말

    소설가의 민낯을 접할 기회는 흔치 않다. 그들은 픽션이라는 고도의 메이크업 도구로 곱게 단장한 후에야 우리 앞에 그 모습을 드러내기 때문이다. 따라서 독자는 그들의 본래 모습을 허구라는 베일 너머로 그저 막연히 짐작해볼 수밖에 없다. 그런데 요시다 슈이치의 《하늘 모험》은 12편의 단편소설과 11편의 수필을 함께 묶음으로써 작가의 풋풋한 민낯과 정성 들여 화장한 두 얼굴을 동시에 접할 수 있는 기회를 제공해준다. 그리고 이들 작품은 기내 잡지에 연재된 글이라는 특성상, 많든 적든 여행과 얽혀 있다는 점을 제외하면 실로 다양한 표정과 빛깔을 가진다.

먼저 단편소설들을 보면, 지극히 평범한 일상의 단면들을 보여줄 뿐 이렇다 할 사건이 일어나는 것도 아니며, 감정의 기복이 큰 것도 아니다. 아니, 실은 단편이라고 부르기도 뭣할 정도로 매우 짧고 기승전결도 없다. 그저 우리의 일상을 밀도 있고 예리하게 포착해낸 순간들을 넌지시 던져놓을 뿐이다. 이런 유형의 글들은 자칫하면 어중간한 느낌을 줄 우려도 있지만, 적절한 여운을 남기며 깔끔하게 마무리하는 힘, 언뜻언뜻 드러나는 체념과도 비슷한 여유, 그러면서도 명확한 초점이 살아 움직이는 작가의 시선은 호수 밑바닥에서 소리 없이 일어나는 파동처럼 독자의 마음을 뭉근하게 흔들어놓는다. 때문에 우리의 마음은 창에서 불어오는 보드라운 바람결에 흔들리는 커튼 자락이 되기도 하고, 탁자 위에서 팔랑거리는 책장이 되기도 한다.

한편, 일정한 형식을 따르지 않고 느낌이나 체험을 생각나는 대로 써내려가는 수필은 작가의 개성이나 인간성이 두드러지게 나타나므로 직접 그를 접하는 느낌도 강하게 마련이다. 또한 평소 이런 가벼운 수필들을 거의 발표하지 않았던 작가인 만큼 내심 기대하는 마음도 클 것이다. 대개는 여행지에서 만난 사람이나 풍경에서 얻은 정감을 일기를 써내려가듯 찬찬히 풀어낸 내용인데, 기계에 문외한인 부끄러운 체험을 고스란히 기록한 가전제품 매장의 에피소드나 갑자기 허리를 삐끗하는 바람에 겪은 고생담에서는 가공되지 않은 그의 모습이 눈앞에 어른거려서 배시시 미소가 번지기도 한다. 솔직 담백한 이런 수필들이야말로 과장되지도 화려하지도 않은 그의 진솔한 소설들의 원류라는 생각이 든다. 그중에서도 그의 대표작인 《악인》의 공간적 배경과 영화 촬영 현장을 둘러보는 여행기 두 편은 언젠가 그곳들을 실제로 밟아보고, 생동감 넘치는 풍경들을 직접 접해보고 싶은 마음이 절로 솟아나게 한다.

이렇듯 《하늘 모험》은 시시때때로 뭔가를 고민하고 헤매고 즐기는 삶의 편린들로 완성해낸 모자이크 같은 작품집이다. 끊임없이 흐르면서도 정지된 것처럼 보이는 우리 삶의 잔물결을 예술적인 필치로 그려냈다. 표면적인 잔물결을 꿰뚫고 저 깊은 강바닥을 읽어내는 남다른 통찰력을 가진 작가이기에 가능한 일이다. 그러니 그의 민낯을 보는 것은 그를 통해 세상의 수많은 민낯들을 제대로 읽어내는 힘을 기르는 능력으로 이어질지도 모르겠다. 낯선 여행지의 어느 플랫폼에 정차한 기차의 창을 들여다보듯, 잠시나마 익숙한 일상을 한 발짝 떨어져서 바라보는 시간을 가져보는 것도 좋은 경험일 것이다. 창 너머에는 나와는 전혀 관계없는 사람들이 앉아 있

겠지만, 한순간 묘하게 선명한 체취가 느껴지며 그들의 인생
한 자락을 슬쩍 들춰본 기분이 들지도 모르니까.

이영미

이 도서의 국립중앙도서관 출판시도서목록(CIP)은 e-CIP홈페이지(http://www.nl.go.kr/ecip)와 국가자료공동목록시스템(http://www.nl.go.kr/kolisnet)에서 이용하실 수 있습니다. (CIP제어번호: CIP2012000477)

하늘모험

1판 1쇄 인쇄 2012년 2월 29일
1판 1쇄 발행 2012년 3월 7일

지은이 · 요시다 슈이치
펴낸이 · 주연선

책임편집 · 박은경
편집 · 이진희 정종화 김준하 오가진 박나리
디자인 · 정혜욱 홍세연
마케팅 · 장병수 김한밀 오서영
관리 · 김두만 구진아 성혜진

도서출판 은행나무
121-839 서울특별시 마포구 서교동 384-12
전화 · 02)3143-0651~3 | 팩스 · 02)3143-0654
등록번호 · 제 10-1522호(1997. 12. 12)
www.ehbook.co.kr
ehbook@ehbook.co.kr

잘못된 책은 바꿔드립니다.

ISBN 978-89-5660-587-6 03830